U0050854

說話的藝術

Come dirlo? Parole giuste, parole belle

Adelino Cattani／著　王福生／譯

作者序

按照廣州大學和義大利帕多瓦大學的協議，2009年我在廣州大學做客座教授，同年受邀在中山大學邏輯認知學院進行交流合作。我在這兩所大學講座的內容分別是：五種論辯的方式，五種類型的辯論、對話和論戰，論辯的規則和步驟，同時還著重闡述了辯論的價值、方式和評判。

我發現在中國，尤其是在廣州，辯論和論辯藝術相對來講實踐活動勝於抽象理論研究。在很多省市，例如「中國辯論教育網絡」常組織大學生進行巡迴辯輪，這在義大利，尤其是在歐洲極為少見。這件事很奇怪也很矛盾，因為修辭學、辯論的藝術，兩千年前就在歐洲誕生了，而今天卻在非歐盟國家，尤其是在東方的一些國家甚為發達。

古典學科的研究有必要加以補充，例如，語言哲學、非正式邏輯、批評思想、話語倫理等，用修辭和辯證工具來促進論辯理論的不斷更新，提高論辯的能力和素養，以利於指導辯論，尤其是培養辯論人才。

培養辯論人才是改變社會和個人強大的加速器。在眾多語言能力的培養活動中，毫無疑問的是，辯論這項活動是最有效和最適合的。為此，幾年前我提出把《說話的藝術》

一書翻譯成中文，今天終將得以實現。這本書原名是《怎麼說話？說正確的話，說漂亮的話》。此書可以看作是一本重要的培訓辯論人才、如何以得體的方式進行有效交際的參考書。一句好話如若得體應該是這樣：邏輯上很嚴謹，修辭上有說服力，辯證法上有論據。《說話的藝術》這本書建議人們以正確的和有效的方式進行交流，也就是說，把自己的觀點（邏輯，真理）和闡述自己觀點的表達方式（修辭，推理）結合起來，以及願意看到自己的觀點被他人接受。

回想我在中國講學期間，我獲得了一個靈感。我能夠把討論的技巧和武術加以比較。在武術裏依靠的不僅是自己的力量，而是利用對方的力量使之失去平衡。在辯論過程中同樣如此，從對手論證的前提出發，獲取不同的結論，這樣更具有說服力，而不是直接攻擊對方。在可能的情況下，「以適應對方的方式來駁倒對方」，「以接受對方的方式來擊退對方」，而不是完全否認對方和一直反駁對方。

東西方文化的對比也表現在我們如何更好地說話上面。當我們在交際時、在討論時，我們會發現構建一個難以抵抗的「語言力量」是非常有用的。

語言的力量只有兩個成份：思想和語言。思想是「穿著」語言的外衣。通常來說，我們可以用四種方式說話：1.說了等於沒說，而且說得不好；2，說了一些話，但是說得

不好；3.說了等於沒說，但是說得很好；4.說了一些話，而且說得很好。

最令人滿意的組合當然是最後一個，這裏不僅把重要的話說出來了，而且能說得切中要害。兩種不同的文化，說話方式也不相同，但是我們都相信思想和語言之間、現實和語言之間有一種統一。好的思想會產生好的說法，況且，話說得好，是正確推理的標誌。在講話風格上它們融合了講話的分寸以及好的思維方式。所以我們說，口才是用語言多樣性（詞語）來表達智慧（思想）的。

阿代利諾・卡塔尼
Adelino Cattani

於義大利帕多瓦 2017年3月10日

譯者序

我們生活的每一天都離不開「說話」。「說話」是人們日常生活中的一個重要組成部分，是人們交流思想、交流情感最重要的工具和最直接的一種方式，但是，會說話，能把話說得好，可不是一件容易的事。王了一曾經說過：「說話是最容易的事，也是最難的事。最容易，因為三歲的小孩也會說話；最難，因為最擅長辭令的外交家也有說錯話的時候。」「說話」是一種技巧，更是一門藝術。一句恰到好處的話，可以改變一個人的命運，一句言不得體的話，可以毀掉一個人的一生。因此，我們要學會藝術的說話，掌握說話技巧，這對我們的人生十分重要。

義大利帕多瓦大學哲學系卡塔尼教授，多年來一直致力於教授人們說話的藝術，並撰寫了深受廣大讀者喜愛的《說話的藝術》一書，旨在幫助大家瞭解如何說話以及如何掌握說話的技巧，這本書不僅實用，而且讀後會讓人受益匪淺。

卡塔尼教授除了教授人們如何說話、如何說漂亮話，還一直潛心研究「論辯理論」。為了創建「論辯理論」這門學科，他孜孜不倦努力創新，歷經18年的努力，最終由義大利教育部批准，在帕多瓦大學哲學系創建了「論辯理論」這一專業，如今這一專業已成為眾多學生喜愛的專業，在義大利及歐洲都有很大的影響力。卡塔尼教授不僅在大學潛心研究，而且在義大利高中每年舉辦一次巡迴辯論大賽。該大賽已舉辦了10年，深受廣大高中師生的歡迎和好評。為此，卡塔尼教授編撰了一本專著《妙語連珠》。而《說話的藝術》則是卡塔尼教授專為「論辯理論」專業的大學生和愛好該專業的高中生，以及想提高自己說話技巧的朋友們，所寫的一本參考書。此書一出版，立即在社會引起了強大的迴響，成為了當年暢銷書之一。

由於卡塔尼教授在學術上的影響力，經常受邀到歐洲各大學講學。 2010年應廣州中山大學和廣州大學的邀請，卡塔尼教授第一次到中國講學，這次講學同樣獲得了巨大的成功，受到了中國大學師生們的歡迎和稱讚。與此同時，卡塔尼教授對中國和中國的大學有了深一步的瞭解，他更加喜愛中國和中國文化。回到義大利之後，他立即約我見面，請我把《說話的藝術》一書譯成中文，以便讓中國的讀者學習和瞭解歐洲的相關文化。卡塔尼教授嚴謹的治學態度和對中國文化的尊重令我敬佩和感動，我欣然應允。

《說話的藝術》一書篇幅雖不長，但涵蓋學科眾多，不僅涉及哲學、邏輯學、歷史學、文學，還涉及語言學、宗教

學、經濟學等。該書語言深奧晦澀，比喻用法甚多。為了盡快翻譯好此書，我邀請了一些義大利語專業教師、博士生和研究生分工合作翻譯。但由於這些譯者翻譯風格不同，體例不一，加之時間緊迫，錯譯和漏譯較多。為了能忠實原文，我在譯文草稿基礎上不斷修改、修訂和補譯，儘可能保持書的原貌，尤其是在語言文字上注意保持原文意義。但限於水平有限，難免還會有不當之處。如有遺漏錯誤皆屬本人之過。

當初卡塔尼教授與我談起本書翻譯之時，書中的很多語料在當時都是最新的，鑒於時過5年，有些語料已不再新鮮，甚至有些已過時。儘管如此，本書仍具有很高的學術價值，書中所論述的案例仍有借鑒意義。為此，本人作為本書的譯者和校對者，在工作任務緊、事務繁雜忙碌之暇，沒有放棄對該書的校對和翻譯。在本書付梓之際，我要特別感謝出版社的編輯們不辭辛苦地更正我譯誤的專業術語，對他們認真負責的工作態度，我表示深深的敬意和感謝！我也要感謝所有參與前期翻譯的譯者，他們是：林釔君（前言和第一章第一節。第一章第二節和第三節由王福生翻譯）、朱莎（第二章和第五章）、谷倩兮（第三章第一節。第二節由王福生翻譯）、周婷（第四章部分章節。其餘部分由王福生完成）、王秀夫（第六章）。王福生翻譯了其餘章節（第七章、第八章、第九章和結論），並對全書進行了校對和修訂。

天道酬勤，這本譯著歷經五載，數易其稿，現終以面世，猶如釋重負，冀望不辱使命。

是為序。

王福生
2017年3月8日
寫於威尼斯家中

目 錄

前　言

「我們一輩子做人，哪怕吃的是最平常的飯菜，有了好話調味，也就覺得可口了。不知哪個糊塗蠢材說過這話：『好聽的話兒當不得奶油，拌不得胡蘿蔔。』世界上一半的胡蘿蔔就是用這種醬汁拌的，要不然哪裡有這樣好吃呢？」

——威廉·薩克雷，《浮華世界》（*La fiera della vanità*）[1]

「你們美國人總愛說『混蛋』這個詞，你知道為什麼嗎？我來告訴你。因為你們的語言非常非常貧乏。如果我要降低自己的身分來罵你這個人渣，我可以把你稱為婊子養的，你是個斷子絕孫的東西；我還可以咒你八輩祖宗，咒你爺爺見鬼去；我可以咒你妹妹做婊子；咒你爸爸像個印第安頭領整天撅著個大屁股坐著啥都不幹，他的兒子是婊子養的……，而你，卻傻得連別人罵你什麼都不知道」。

阿爾伯特·索迪（Alberto Sordi）在電影《計程車司機》[2]（*Il Tassinaro*）裡的這段對白，赤裸裸地表現了「不管平淡與否，也不管重要不重要，想說什麼就說什麼，不管聽眾的感受」。

孔夫子和雪赫拉莎德（Scheherazade）都明白這點。

子路曰：「衛君待子而為政，子將奚先？」子曰：「必也正名乎！」子路曰：「有是哉，子之迂也！奚其正？」子曰：「野哉，由也！君子於其所不知，蓋闕如也。名不正，則言不順；言不順，則事不成；事不成，則禮樂不興；禮樂不興，則刑罰不中；刑罰不中，則民無所措手足。故君子名之必可言也，言之必可行也。君子於其言，無所苟而已矣！」[3]

每個童話裡都有英雄和神奇的工具，比如一把神奇的劍。而在某些童話裡，語言就是這個神奇的工具，就像《一千零一夜》裡雪赫拉莎德和鸚鵡，他們所說的內容並不重要，但是他們的說話和談吐方式，卻改變了故事的發展：一千零一夜的語言，一千零一次化險為夷。因此，是語言重新給予人們喜悅，是語言拯救了生命。

孔夫子和雪赫拉莎德都用他們自己的方式證明了語言並不局限於只為事物命名，語言生成概念，概念生成思想，思想生成行為。最後，行為也反過來創造了語言。不信教的人把這一過程看作「命」，信教的人則稱之為「神的恩寵」。

即使是類似的事件也可以有不同的叫法，例如，「非洲那些悲慘的人民，絕望地期盼國際組織的救援」，但是這種說法與「達佛（Darfur）衝突年代發生的滅絕種族的屠殺、戰爭和饑荒」這一說法還是有很大的區別。

很多戰爭和起義，並不是靠武器、廣場鎮壓、罷工引發的，而是起始於語言，簡單的語言、激烈的語言或嘲弄的語言。

具有雄辯力和說服力的語言，是大劇院上演的所有悲喜劇獨一無二的幕後導演和主角。

名字對於一些人來說非常重要，他們聲明只忠於一個特定的名字，比如「認真」和「品質」。在王爾德（Oscar Wilde）所寫的《不可兒戲》（*The Importance of Being Earnest*）[4]中，格達琳娜認為名字決定了命運：「你與『誠實』這名字相符，那麼你至少有誠實的面孔。你屬於我見過最『誠實』的那種類型的人。」

還有一些人，要透過名字看到本質。「名字裡有什麼？那朵我們稱之為玫瑰的花，如果我們給予她另一個名字，並不會使她喪失香味。」茱麗葉瘋狂地愛上羅密歐，卻得知他的姓「蒙特鳩」（Montague）是仇家的姓氏時，羅密歐說：「叫我『愛』吧，我將重新受洗。」[5]

在這種精神層面和背景下，我們可以想到語言的多樣性。在過去，昆提利安（Marcus Fabius Quintilianus，古羅馬的雄辯家、修辭學家）和伊拉斯謨（Erasmo da Rotterdam，中世紀荷蘭著名的人文主義思想家和神學家）把語言的多樣性稱之為copia（拉丁語，意為「思想和語言的富有」），我們稱之為「正確的語言」，之所以正確是因為它的語言很優美，或者說具有說服力。

應當如何說話？我們可以毫無顧忌地大喊大叫，可以暢所欲言，也可以綿綿細語。報販可以在售報亭的牌子寫上「嚴禁翻閱雜誌」，也可以換張牌子寫上「你們會買別人翻閱過的雜誌嗎？」優秀的作者往往會留下耐人尋味的思考，而不是想說什麼就說什麼。

該如何拿捏說話的分寸呢？我們可以用簡單的委婉語氣，也可以用些反語，還可以用些語言技巧，例如，比喻、暗喻，來強調或者緩和試圖表達的內容。

語言的多樣性不只包括說話的內容，還包括說話的方式。同樣的一個故事由不同的人闡述，就有不同的版本；同一個人用不同的方式闡述，也會產生不同的版本。語言傳遞並非只是一個遊戲（例如一個人低聲對另一個人說「狗兒」，傳到下一個人耳中可能成了「扣兒」，再傳到下一個變成了「鉤兒」），同一種感情也可以用不同的觀點來表達，例如「我遠離我的家鄉」表達的是遊子的思鄉之情，「我的家鄉離我遙不可及」呈現的是遊子的痛苦之情。

一般來說，我們有四種說話方式的組合：

第一種：說了等於沒說，而且說得不好。

第二種：說了一些話，但是說得不好。

第三種：說了等於沒說，但是說得很好。

第四種：說了一些話，而且說得很好。

從以上四種情形可以看出，對我們有利的機率只有四分之一，只有最後一種才能完全令人滿意。

儘管語言帶有這樣的局限性，但那些已逝的名人們依舊認為語言裡有魔法，有力量，有希望[6]。高爾吉亞（Gorgia da Lentini，希臘詭辯學派學者）認為「語言的魔力就是能夠誘惑人、說服人、改變人」；維根斯坦（Ludwig Wittgenstein，二十世紀重要哲學家）認為「哲學是透過語言工作來使我們的頭腦不致變呆」；喬治．歐威爾（George Orwell，英國作家）認為「戰爭即和平，奴役即自由」；伊莎貝爾．阿連德（Isabel Allende，美籍作家，出身智利名門世家）認為「相較於在富豪家的廚房裡做廚娘或者出賣肉體，用語言文字做生意其實是很高貴的職業」。

那個用在e-mail裡加了圈的「a」只是一個小小的圖示標記，但是它讓我們進入電子郵箱，開啟了語言的秘密。語言學家告訴我們@起初是「anfora」（甕）的簡稱，十六世紀時是義大利商人用來衡量重量和容量的單位；它是義大利人使用的標記，是在飄過大洋後又重新回到了我們這裡，它沒有受到（義大利）阿諾河的洗禮，卻被美國的某條河流洗禮過了，還帶著一股異國情調，變成了英文的「at」，一如義大利語的「c/o」，它改頭換面重新回到故土，必須重新歷經一次「洗禮」。

在不同的國家，@有不同的稱呼。在義大利和法國，人們叫它「小蝸牛」（義大利語chiocciolina，法語petit escargot）；在德國和荷蘭叫「猴子尾巴」（德語kammeraffe，荷蘭語apenstaartje）；在芬蘭和丹麥也叫尾巴，但指的是「貓尾」（芬蘭語miau，丹麥語snabel）。其他一些國家，則將命名的領域由動物園轉成了麵包店——以色列叫「果餡乳酪卷」（strubel）；挪威叫「桂皮卷」（kanelbolle）。

"Monogramma & Dixit" dal *Book of Kells*, Vangelo miniato irlandese del IX secolo (Trinity College di Dublino)「花押字和妙不可言」，選自《凱爾斯書》，九世紀愛爾蘭的袖珍福音書（藏於都柏林學院）

雖然各種語言對它的稱呼差異甚大，但整體來說可歸納為兩大類：動物和食品。唯獨西班牙，把它歸入測量單位，稱它arroba（1 arroba＝11.5公斤）。這樣一來，這個符號又回到了商業市場上，不再是什麼動物尾巴，也不是什麼甜品，卻暗含隱晦的意思。其實，arrobar還有「迷惑」之意。@這個標記，有如此多種不同的稱呼，恰好證明了語言往往在無意間成為社會上各個機構、組織、階層的工具。

注 釋

1 《浮華世界》中國大陸翻譯為《名利場》。

2 阿爾伯特·索迪的電影，1983年。

3 《東方聖書》（*The Sacred Books of the East*），牛津大學出版社，1879年，28冊，頁411。

4 《不可兒戲》，又譯《誠實的重要性》，是十九世紀愛爾蘭劇作家王爾德所寫的一部諷刺風俗的喜劇。

5 原文為：「你只要把我叫做愛，我就重新受洗，重新命名，從今以後，永遠不再叫羅密歐」。莎士比亞，《羅密歐與茱麗葉》，第二章。

6 部分章節摘自2005年2月18日至2005年10月24日載於《帕多瓦晨報》的專欄「坦率地說話」。

Notes

Chapter 1

神奇的語言，會施魔法的語言

俗話說：「會施魔法的語言」、「帶有魔力的語言」，這全是詩意的比喻和修辭的說法，意思是說那些令人讚賞的語言具有「神奇」的功能。

這些句子表達的是什麼意思呢？「只是為了營造美麗的場景嗎？只是一種說話的方式、一種比喻的運用嗎？當然不是這樣，這其中還有更深層的東西。想啟動電腦，或登錄受保護的網站、打開電子郵件、登錄網上帳戶，我們都需要一個密碼，這個神奇的密碼和《一千零一夜》裡的「芝麻開門」有何不同？簡單來說，兩者都是用語言來打開大門的。

《一千零一夜》

關注語言的魔力和語言的神奇性，自然也意味著關注如何擺脫和避免這種魔力的影響。當我們強調語言的危險性，就是為了要擺脫、抵消這種狡猾或奸詐的語言，並承認它是陰險的而且帶有陷阱。這裡的「承認」有雙重意思，即「辨認」和「賦予價值」。

因此，我們面臨著兩個選擇：究竟是要神奇的語言美麗的一面，還是要神奇的語言醜陋的一面，或者換一句話說，是要享受語言的魅力，還是要擺脫它的魔力。

「語言的神奇」和「神奇的語言」是個簡單的交換排列，不過都說得通。這就是修辭的神奇功能和語言的神奇轉換的一個好例子。有些語言是用於驅魔、用於乞求、用於控制大自然背後隱藏的力量，從而成為儀式上的神奇慣用語，例如，人類發明的把字母排成三角形的這類神祕的祛病符文。另外還有一些神祕的語言，它們並是非人類所發明的，而是語言與生俱來的，人們後來覺察出了它的神奇之處。移動字母位置的字謎遊戲，例如：attore（演員），調換字母順序就成了teatro（劇院），這又該如何解釋其成因？有人說這純屬偶然，那麼這類偶然也實在太多了。例如：bibliotecario（圖書館管理員）實質是beato coi libri（愛書的人）。還有更令人驚嘆的詞語組合，例如：moglie（妻子）是meglio（更好）或者是mi lego（我束縛我自己），完全可以根據婚後個人不同的感受來決定。本達奇（Don Anacleto Bendazzi）是傑作《一千個字謎遊戲裡的基督生活》（*Vita di Cristo in Mille Anagrammi*）的作者，書中他對基督不回答彼拉多的問話，賦予了一個新的解釋。基督之所以不回答彼拉多的問題，乃是因為在Quid est veritas?（什麼是真理？）這句話裡已經隱含了字謎答案：Est vir qui adest（眼前此人即是真理），只要把字母順序重新排列一下就可以得到這個答案。

這就是神奇的語言在形式上的變化。此外還有一些不盡相同的例子，例如那些掉換順序的句子，或是那些可以從右往左讀的句子。還有縱橫填字遊戲，最著名的是薩托四方連詞（sator arepo tenet opera rotas，即Sator Square）。兩千年以前謎語般的文字，它暗藏著宗教寓意：「我們把上面的句子順序調換一下就會發現，這裡的詞語paternoster（我們的父親）被寫了兩次，並且多出了兩個a和兩個o，因為基督是開始（Alfa），也是結束（Omega）」。

關於這些形式的變化，猶太裔義大利化學家、小說家普里莫・萊維（Primo Levi）寫道：「那些可以反著讀的句子如果也成了至理名言，那麼就要留意了……因為在這些句子裡面肯定暗含著某種東西：拉丁人早就知道了，他們還寫在了子午線上。」

神奇的語言和話題

就像普里莫・萊維寫的那樣，語言裡確實有些神奇而且有待發現的東西。有些語言不是用來說明什麼，反而是借助政治手段、廣告手段、經濟手段、傳媒手段，用來隱藏些什麼。不過，有時候語言又像神奇的魔杖，只要一個形容詞便可揭示祕密，只要一個副詞就可掀開真相。

我們知道，語言生來便具有強大的功能，甚至可以迷惑一些聽眾。比方說，為了不讓你感到你是在買一輛二手車，

神奇的方塊：每個詞可以從右向左讀，也可以從左向右讀，可以從上往下讀或者從下往上讀

而是讓你感覺到這輛車曾經是一輛新車；又比方說，某人不是在說謊，只是隱瞞了真相而已。語言的神奇之處在於它可以是一個功能強大的魔棒。

高爾吉亞（Gorgia da Lentini）的經典引言的意思是「語言產生的神奇效果可以帶來歡樂，遠離悲傷；事實上，特洛伊戰爭中，是美妙的語言連接了一顆滿懷期待的心，吸引了海倫，說服了她，困惑了她。這種期待帶來的欺騙和主觀意願犯下的錯誤，正是魅力和魔力兩個迷惑的圈套。」

高爾吉亞對語言的這種見解，的確是有創造力和富有寓

高爾吉亞（Gorgia da Lentini），希臘詭辯派學者，著有《讚頌海倫》（*Encomio di Elena*）

意的。一個客戶（無論是普通的消費者或外科醫生的病人，或者是一個選民）當他所期待的和感受到的相吻合時，便會感到滿意。因此，期待的內容和期待的程度，實際上比具體的結果更為重要。一份承諾的分量，往往重於事實本身。

今天，經濟學上常說的「客戶滿意度」，其實就是期待和回饋之間的一種平衡。這個道理還適用於我們感受到的通貨膨脹壓力和真實的通貨膨脹之間的差距；適用於選舉前選民的心理和選舉後選民的心理差距；也適用於魔術師，即使只是開一個小玩笑，魔術師也可以使客戶滿意。

現在我們說說句子吧！我們來討論一下什麼是「神奇的語言」，這個神奇的話題可以開啟一扇意想不到的門，發現一條解開難解之謎的道路，達到使用邏輯和理智永遠不可能達到的真實。

「在法庭上使用的神奇語言的模式是什麼？」你可以問一下成功的律師。

答案是：「成功的語言魔力來自於個人，而非語言本身；來自靈魂，而非修飾。」

但這不是真正的魔力，這依舊還是在比喻層面上的魅力。這是魔力被削弱和被淡化的另一層意思，人們常說「音樂的魅力」、「聲音的魅力」、「色彩的魅力」，或者稱為「有魅力的城市」，這裡更著重於施展魅力而非僅指語言的魔力。

我們現在還停留在一個詞語表達同意和反對，表達愛與恨的層面上，而不是在它簡單表達的層面上。這裡我想關注的是「語言魔力」，它像藝術品一樣創造出不同尋常的效應，好的效應和壞的效應；因此，我的意思是——它具有「主宰」世界的能力。

以上提及的這些情況，從乏味的字母遊戲到巧妙睿智的詞語，從簡單的敘述到令人著迷的話題，它們都僅僅是簡單讓人感到好奇的現象嗎？是令人難以置信的巧合嗎？它們是從圓筒裡跳出來的兔子，是滑稽的假象嗎？或者是更真實的現象呢？他們是精明的魔術師的技倆嗎？或者是某位著名巫師的不可思議的魔力？我們明白，只要碰一下、打一個巴掌、一把錢幣、一件武器都可以「產生值得眾人觀賞的效果」。而同樣的效果只要發出一種聲音和說出某個詞語就可以完成，這又是如何辦到的呢？

「魔力」是什麼？從字典的解釋，我們可以理解為：透過藝術的方式對大自然和人進行的一種實踐活動。或者還可以用更難懂的觀點來解釋，魔力乃是根據我們的意願來使事物產生變化的一門科學和藝術。但這些定義並不適用於語言，因為語言是最原始、最古老、最普遍、也最自然的說服方式，它能神祕地或明顯地讓人信服。

還有其他一些工具可以對付人，如殘忍的刀割，彬彬有禮的暴力。這些工具可能更有效率，更為迅速，但沒有任何工具能夠比語言更簡單、更自然、更殘酷、更殺人不見血。

語言魔力的運作是遠端操控的一種方式：語言生成概念，概念生成思想，思想生成行為。詞語和句子將改變世界，因為它們會改變我們對世界的認識——用立竿見影的方式，或用欲蓋彌彰的方式來進行改變。例如，在詞彙層面上使用隱喻，或在話題層面使用極為吸引人的推理方式。隱喻和話題並非單純的是「文人」的手段，而是一種特殊的迷人工具。實際上，隱語不僅是天空光彩照人的星星，它們還是能夠調節彗星方向的星星。不可忽視的是某些話題具有創造性的力量，它們不僅基於現實基礎之上，而且還能創造現實。

我們如何定義魔力呢？首先，魔力在於它們是某些動作和行為。其次，魔力還是某些物品，例如：魔棒、神毯、春藥、神劍、吉祥物、護身符。這兩個定義，即透過行為和事物控制的魔力，都是基於自然神力基礎上的，以前被稱作物品。最後，魔力還是詞語，不僅指削弱意義上的神燈或者「表演的魔力」。我們說的是建立在詞語基礎上的某些慣用語，這些慣用語曾經被稱為epodé（希臘語為「讚歌」），或carmen（拉丁語為「歌曲」）。

如此一來我們有「行為」和「語言」兩種類型的魔法。前一種是利用大自然要素的行為；後一種是利用語言的行為。柏拉圖在他的《法律篇》裡也曾經想透過控制物品和只使用語言（epagogé喚神和epodé讚歌）的力量來獲得魔法，這兩種方法都有把人定死罪的力量。

無論是賦予了「能量」的語言還是表達現實行為的「能量」，都是從前語言理論學者們所稱之的概念。實際上，他們只不過把基於交感原則的魔法和基於實施原則的詛咒在語言層次上和超語言層次上將說和做、陳述和執行的統一合理化而已。最具意義的是詞根canto（歌聲）和incanto（誘惑力），incantamento（魔法）及incantesimo（魅力）都與canterino（歌手）一詞有關。

為了定義魔法行為需要使用很多跟cantare（歌唱）有關的派生詞（合成詞的一種，常用的是canere）：excantare、incantare、occentare。這幾個帶canto的詞描述了一個發音行為，它的發音從風格上和節奏上都明顯帶有慣用語套式，表達的是口頭語，指的是carmen這個術語，它的意思正是「歌曲」、「聖歌」、「神諭」和「魔術」等意。即使是charme的第一個含義，其詞源明顯的來自carmen，是「魔力的影響」、「魔法」等意。

有魔力的語言有兩層意思，首先，它是禮儀的基本工

具，巫師能吸引人（相當於神杖）並聲稱具有魔力（營造特殊的氛圍或變化出金錢）。他們使用的詞語有魔力，而且他們在實施魔力的過程中能產生出一定的效果，因此人們說：「他的話有魔力」。

此外，語言還具有力量；除了具有力量，語言還能產生效果。語言的力量在發音時產生作用，語言的效果就透過它而產生。其中最有趣的是，即使沒有含義的語言也能有力量並產生效果。

語言魔力的神奇之處就在於語言本身。

為了交際而說話和為了做事而說話

俗語說：「說和做之間如同隔著大海」，然而事實並非如此。在某些情況下（例如詛咒和祈禱），語言直接使用了魔力，而非作為交際手段。在這種情況下，會與俗語所說的完全相反，也就是顛倒過來——「說到做到」。

語言交際的目的只有一個，而且並非總是最重要的，語言在被認知之前是有能量的，在成為傳播知識的工具之前是有誘惑力的：它影響聽眾，鼓舞聽眾，確定其選擇和行為。語言一旦有了誘惑力，就能騙人、激勵人並吸引人。

有人說，在某種場合一個詞就足夠了。之所以這樣說是因為它能使人感到幸福，也能使人感到失望。在精神層面上，一個詞語的力量如同藥物在人體內的功效，有的藥能治病，而有的藥能致人死亡。說話也是一樣，有些話令人心碎，有的使人愉悅，有的讓人害怕，有的則能激起聽眾的勇氣，有些甚至能害死人，或透過惡念使人中邪。一個詞足以激起人們參加討伐活動或者令人民造反，許多勝利都不是靠上街遊行、參加革命所獲得的。當今民主社會裡的權力不在於槍口上，而在於語言，在雄辯和令人信服的語言裡。

如上所說，除了語言本身所具有的意義之外，它們還有力量。除了所掌握的力量，語言還能產生效果，這種效果是在發音時產生的，語言的效果就是透過這一點產生出來。帶有魔力的文本透過語言行為理論得以分析。我們可以說語言行為是一種神奇的現象，或者說是按照下列三種原因所產生的效果。

首先，在魔法裡我們可以看到那些語言學家們分析過的說話單位和行事的單位。

這些語言單位是如何表現的呢？它們是透過兩個不同的方式來實現的，我們可以在奧斯丁（John Austin，英國哲學家，以語言哲學為專長）的劃分方法裡找到答案，也就是說：說話即是做事，或者說做事的同時就是在說話。這樣在語言行為裡就有了一種力量和一個效果。

以言行事的力量來自於語段（discourse）的內在本質，它是固有的和確定的。說「我警告你」，也就是說按照常規將警告提出來。這種約定俗成的因果關係是語言的固有力量形式。另外一件事情是聽的人將按照我們的期望做出反應，既然以言成事的效果需要參與者的合作，就永遠不能得到保障，甚至有可能產生負面或預想不到的效果。

同樣，在一個魔術裡可以區分該魔術的內在的假設性（hypothetical intrinsic quality），因為魔術這種假設性會對人產生一種實際的效果，就好比一個簡單的節拍可能會產生催眠的效果。因此我們可以說，即使假的魔術師也可能會使他的觀眾得到滿足。

最後，這兩種方式，一個是有魔力的，一個是表演的。而實現這兩種方式的條件是：它們必須有一個相應的程序，該程序必須用正確且全面的方式來執行；而且還必須由合適的人來完成。為了達到魔力所期待的效果，奧斯汀提出了四個條件，即兩個客觀條件和兩個主觀條件。兩個客觀條件如前所述，即：(1)一個是用正確的方式實施魔力；(2)由合適的人來實施這個舉動。兩個主觀條件是：(1)透過一個人做魔術的動作，來表達其目的和思想；(2)要做的那件事和所做的事是同一件事情。

語言行為以自然形式表現正式編碼和形式上制度化的

司法行為。司法語言有一個固有的執行功能，「它指的是魔力作用，只有在某些場合使用某些詞語時才可能引起司法後果，例如，任命法官或者教授」。一個人被任命為法官，實際上就成為法官了。這種做法具有魔力是因為僅僅透過詞語就生成了權力和義務。

使語言產生神奇魔力的機制之一，可以稱之為「表面效果」。表面效果產生的原因是語言會對所說的話產生作用，並使實際上不存在的得以存在，例如：演說家最注意的問題之一就是如何透過語言的魔力使實際上不存在的事物得以存在。

因此修辭性的語言和勸說語使原本令人無法相信的話成為可以相信的話，消除了邏輯因果間的正常關係，並造成了新的邏輯關係。就好比兩個畫面，第一張是手槍畫面，第二張是個沮喪的人，兩者創造出了一個非常真實的凶殺假象。我們再用佩賴爾曼的話來說明：聽者可以在眾多的事件中自由地確定其聯繫，而這些聯繫是奇怪的而且是有魔力的，正是基於這個原因，有時它可以產生高度戲劇性效果。這個世界在改變我們世界觀的同時也改變了自己。

另外一個準魔力機制是由喬治．歐威爾在反烏托邦小說《一九八四》提出的「新語論」裡得到說明和考證的。他專門寫了一章描述術語和概念貧乏的現象。他試圖釐清詞彙貧

Dal libro *1984* di George Orwell.
喬治・歐威爾的作品《一九八四》

乏所造成的後果，以及這些後果又如何反映出概念的貧乏。

無論是魔力還是修辭都產生了一個令人好奇的問題：它究竟是建立在騙人行為上的空虛藝術呢？還是能生成結果的有效藝術呢？這個問題是合乎情理的，但又是奇怪而且是相互矛盾的。

懲罰魔力主要基於兩種理論，一個是認知論，另一個是倫理論。人們拒絕它的原因要麼是從科學角度來講它是不可信的（與其他藝術或科學不同，具體來講是沒價值的），要麼它就是犯罪行為，是反人類的。現在這兩種保守論給予了兩種不同的假設：所謂「科學論」假設魔力是無效的而且不能產生結果，而那些「道德秩序論」假設它是一種犯罪的行為並且產生了某些效果。

同樣，在修辭上也是如此，並非毫無根據地賦予了魔力。簡言之，修辭可以是空話、假話、廢話（修辭學大家聖阿古斯蒂諾如是說）；換句話說，修辭可以是操控的語言，帶有陷阱的語言（這是教科書應該避免的和應該刪除的）。這兩者不相矛盾嗎？事實上，問題在於如果修辭（如魔力）無論是迷人的還是有效的都會出現問題。

歷史上發生過的著名教會審判妖術事件並不是因為魔法是假的，而是因為它是邪惡的。中世紀妖術曾經受到嚴厲鎮壓，乃是因為它既危險又惡毒，不是因為它是迷信的和虛假的理論。二十一世紀的西元2004年，妖術犯罪現象已經消失，唯一還有爭議的現象是可信度的問題，在議院司法委員會就剽竊和虛構進行了討論，而討論的結果是：剽竊是抄襲他人的東西為己有，是可以起訴的；虛構則是自由的合法使用語言的權利，是不可置疑的。前者是著名的強制現象並經心理學和醫學得到論證，而後者則是修辭學現象。

語言魔力產生的合乎邏輯的自我保護現象

語言的魔力有兩個層面：「語言的力量」和「語言的陷阱」。

有人可能遇過我們稱之為la retorica delle tre carte（騙人的語言）或者積極的、迷人性質的修辭，當這種愉悅變得危險時，人們可以用相應的保護方法來擺脫吸引並保護自己。

擺脫吸引的意思就是只需要發現並明白欺騙在何處就足夠了；比如在對方的話語自相矛盾時，我們未必要解決這個問題才能脫離險境，但我們可以擺脫它，也就是知道阻止它的理由和場合。用什麼方法可以做到這一點呢？比如我們要注意不太常見的欺騙方式。我們曉得常見的欺騙花招有三個目的：自衛、攻擊和愉悅。我們要去發現它、避免它並反駁它。當它是個遊戲時就要學會去娛樂一下。如果知道它是個陷阱，最好要駕馭它並除去它。

我們常覺得聽者會受到說話人的擺布。勸說或詭辯的魅力好像都應該受到指責和批評，但是這種影響力並非是致命的。無論是說者或是聽者，如果雙方都可以利用同樣的影響力，那麼也算不上是悲劇了。在嚴重的情況下，不是因為使用了無用的語言（這是不可避免的），而是不知道怎樣使它不失去作用。因此問題就在於教人辯論時有說服力，培養人在辯論時更詭辯。這兩種活動都非常「環保」，因為它們能讓我們在一個語言汙染和話題汙染的環境下生存下去，說不定我們會少受其害。睜大眼睛看清欺騙潛力巨大的這個世界，將使你少受一點欺騙。

簡言之，說話不只是為了傳播知識並讓人瞭解，相反地，語言用於創造——創造美好、善良，甚至真理（但是語言也能毀掉人們對美好、善良和真理的企盼）。

語言具有魔力，因為：

1.它是詩歌的語言，詩是有魔力的。
2.它是對大腦的欺騙，指的是創造性的發明和想像力虛構出來的發明（不一定是捏造的和欺騙的倫理內涵）。
3.具有說服性。
4.能夠支配事物和其他人。
5.沒有偽裝的限制。

就上述的理由來說，語言是非常美好的，也是非常危險的妖魔。我們僅引證兩點，他們的論點彼此相反而且互補，是兩個思想家，一個是古代的柏拉圖，另一個是當代的卡爾

．雅斯培（Karl T. Jaspers），他們都兼具了語言的這個雙重才能。

「哲學的任務是什麼？是教授人們知識，而教授人們不受欺騙不是一件輕鬆的事情」（見雅斯培《哲學思想流派》）。「值得大膽地相信它」（柏拉圖的《斐多篇》），柏拉圖在談到相信靈魂不朽的危險時如是說。我們除了要相信它之外，在說話時也要實踐它：這是危險的，但是相信語言的神奇和語言的魔力也十分危險。我們的語言有很多局限性，也有很多魔力。我們可以享受語言的魔力，與此同時也要擺脫它的魔力。

Notes

Chapter 2

語言的力量

「你不是長笛演奏家？可是你更出色……因為你不用樂器，只用簡單的幾個詞，就達到了同樣的效果」。這是阿爾西比亞德（雅典的傑出政治家、演說家和將軍）給予蘇格拉底的讚言[1]。一個好的詞語宛如音樂，甚至比音樂更能迷惑人心。語言並不僅限於為存在的事物或範疇命名；語言能抓住人心，使人改變，讓人感動。

「你說出來啊！說啊！說啊！」，這不是一個心智狂亂的人站在樓頂邊緣想自殺時，那些召喚來的親屬、警員和心理醫生所說的話嗎？下面我們將看到的是敘述童話的語言，有著驚人而奇妙的助人力量，它是一柄能打敗對手、戰勝瘋狂和絕望的神劍。敘事，就像詩歌一般，能挽救人們的生活。童話中的寓意也就在於此。

能救人的語言

貝麗莎·克蕾普斯庫拉黎奧[2]出生在一個貧窮的家庭，她的家窮得甚至無法給孩子洗禮起名。她讓人這麼叫她，並不是想讓人以為這是她洗禮的名字，而是她覺得這個名字具有一種黃昏的美感，使她覺得極富詩意。而在此之前，她接觸到的書面文字——報紙上的那些「蠅頭小字」，在她目不識丁的時候根本就是不解其意的東西，現在終於變成了詞語。她發覺詞語能夠不受主人的控制而在全世界周遊，任何人只要有一點點的聰明才智，都能將之掌握並出售。

考量了自身的狀況，她得出了結論，除了做妓女或是做富人家裡廚房的傭人外，她所能從事的工作寥寥無幾。在她看來，出售詞語或許是一個高尚的職業，於是她便成了「賣詞人」。她在集市的一個帳篷下的攤位上做這份工作，以合理的價格出售詞語：五分錢背誦詩歌，七分錢讓夢境更加美好，九分錢代人寫情書，一毛二分錢則是發明新詞幫人辱罵那些無法對付的對手。

可是有一天，一名復員上校命人將貝麗莎劫持到了森林中。這位上校厭倦了毫無意義的戰爭和到處漂泊的生活，於是決定成為國家的總統。但他不想成為獨裁者，動用武力騎著馬強行進入首都以取得政權，而是希望自己是由人民推舉出來的，獲得人們的愛戴，因此他應該像個選舉候選人一樣進行演講——貝麗莎得賣給他一份演講稿。

貝麗莎曾接過很多的委託，但從沒有遇到過這樣的要求；然而她又不敢拒絕。她翻遍了所有的圖書目錄，尋找適合於總統競選演講的詞彙，刪除那些粗糙而冰冷的、過於華麗的陳詞濫調、無法實現承諾的詞語以及那些缺乏真實性和令人困惑的詞語，直到只剩下能夠觸動人心和予人想像、打動所有男男女女的詞語。

接下來的幾個月裡，上校進行了無數次演講，演講稿若不是由這些鼓舞人心而又持久耐用的詞語所組成，早就因使用頻繁過度而化為灰燼。他的隨從人員向群眾分送糖果，將他的名字用金色油漆寫在牆上，但沒人覺得這些舉動能值幾個錢；大家都被上校的願景以及他那詩歌般的語言所折服。

就連上校自己都被貝麗莎撰寫的詞語所迷惑；所有人都發現他們的首領無法再從貝麗莎贈送的語言魔力中解脫出來：當貝麗莎走近並拉起他的手時，大家都看到上校那雙貪婪的眼睛馬上就變得馴服溫順。

「賣詞人」貝麗莎．克蕾普斯庫拉黎奧的故事，就像伊莎貝爾．阿連德[3]所寫的《伊娃露娜的故事》中第一篇故事的

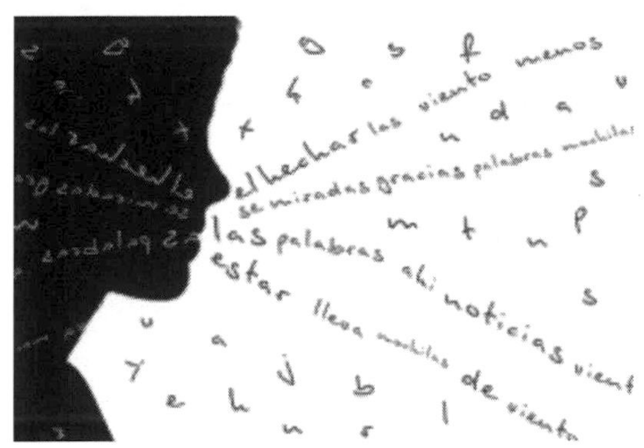

Belisa Crepuscolario, venditrice di parole, protagonista del racconto *Dos Palabras* di Isabel Allende貝麗沙．克蕾普斯庫拉黎奧是賣詞的人，是伊莎貝爾．阿連德小說中的主人公

題目「三言兩語」一樣（以上的節選即改編於此），正是一個僅用了「三言兩語」便能讓人脫離貧困、自我解救並且平步青雲的故事。據說女人的最佳武器就是她們的語言。女人們可以驕傲地這麼說，而不感到羞愧。語言不只是女人的武器，事實上，許多的霸業和革命都不是仰賴武力、反抗、廣場騷亂或罷工來實現的，而是只依靠了語言。雄辯又有說服力的語言，即使有時是隱蔽不明的，但在所有喜劇、悲劇、滑稽戲以及世界歷史舞臺上演的各類重大事件中，既是主角也是唯一的導演。從古至今，從現實到虛幻都是如此。

波斯的國王山魯亞爾，發現妻子不忠，於是將她處以死刑。失望之餘，他決定每晚挑選一名女子陪伴，然後晨曦時分將其處死。所有可能與國王過夜並成為犧牲品的女孩都憂心忡忡，直到有一天，宰相的女兒，迷人又機靈聰慧的山魯佐德，終於想出了一個解決問題的計策。她將自己進獻給國王，條件是讓她妹妹迪娜佐爾德一起入宮。山魯佐德知曉許多故事，夜裡妹妹便請她講一個，她把故事講得活靈活現，並故意拖到太陽出來了都還沒講完，國王急於聽完故事的結尾，便決定將處決推遲到第二天早晨。第二個晚上山魯佐德講完了第一個故事，又開始講下一個故事，而這個故事也得到第三個晚上才能講完，於是每晚就這樣繼續下去。

每個故事裡都有一個英雄和一種神器，例如一把魔劍

Sherazade山魯佐德

或一把揮舞生風的利劍。而某一些故事中的神器則是語言，《一千零一夜》中的山魯佐德仰賴的就是雄辯有力的言辭，沒有羅蘭聖劍杜蘭德爾。對她來說，重要的不是講什麼故事，而是用講故事這個方法，才能改變事情的走向：過了一千零一夜，從故事中得到慰藉的國王終於接受與女人和平相處，決定放棄他那殘忍的計畫，並廢除那項殘酷的法律。

同樣在印度也有一個既古老又有名的民間故事《鸚鵡的故事》，說的是一個要遠離家鄉很長一段時間的商人，他把年輕美麗的妻子託付給一隻鸚鵡照顧。他那可憐的妻子覺得有些無聊空虛，一方面出於自身願望，另外也受友人的勸說，就想給自己找個情人。「去做吧！」看守的鸚鵡這樣說，「但是，我警告妳，妳得面對可能發生在妳身上的意外，就像我知道的發生在其他人身上的事一樣。妳可得準備好，機靈一點！」好奇之下，那女人堅持說要瞭解得更多一些，要鸚鵡把它所知道的故事全都告訴她。於是夜晚過去，出軌的危機也隨之而去了。就這樣連續七十個夜晚，每個夜晚鸚鵡都講一個關於機智、計謀和明哲的不同故事，一直持續到丈夫歸來。由此看來，正是語言讓大家都感到幸福和滿足。可以再次肯定的是語言能拯救人，這就是寓言的寓意所在。

名字即是虛無，名字也是全部：茱麗葉和昆達麗娜

什麼是名字？這個很重要的問題似乎十分具有哲學性，甚至名字與命運之間存在著重要的關聯。關鍵就是茱麗葉和昆達麗娜兩者之間誰有道理。對某些人來說名字至為重要，《不可兒戲》一書中的女主人公昆達麗娜便證實了這一點，因為她聲稱只能愛一個真誠和品德名實相符的人：「與『埃那斯特』（真誠）的名字如出一轍，你甚至有著『真誠』的

奧斯卡·王爾德的《不可兒戲》（*The Importance of Being Earnest di Oscar Wilde*）

面容。你是我一生中見過最『真誠』的人。」[4]只有當一個名叫「真誠」的人才能具備並產生真誠的情感。若以此類推，我們可以信任名字為Benedetto（神恩賜的）、Franco（坦誠）、Felice（幸福）、Fortunato（幸運）、Giocondo（快樂愉悅）的人，或其他名字的人。

然而還是有一些人，會將名字擱在一旁，試圖尋求事物的本質。當茱麗葉發現自己無可救藥地愛上了一個姓蒙特鳩名叫羅密歐的人時，這個姓（不過是一個姓）竟是她的仇家，於是她焦急萬分地自問：「姓名本來就沒有意義；我們

將其稱為玫瑰的這一種花，即使換了個名字，它的香味仍舊一樣芬芳。」[5]無論羅密歐叫什麼，茱麗葉還是會愛上他的。華特迪士尼公司出品的著名的《小鹿斑比》中的臭鼬也一樣，大家都因為它是隻臭鼬而避忌它，於是它建議道：「沒關係，你也可以叫我花兒。」羅密歐，在不知所措的情況下，提出了一個建議：「妳只要稱呼我為愛，我便能重新受洗，重新命名。」

《愛麗絲鏡中奇遇記》中的蛋頭先生，是「一年三百六十四天都慶祝非誕生日」理論的創始人，有他自己具體的想法。在《愛麗絲鏡中奇遇記》一書第六章中，透過與

弗朗西斯科·海耶茲的作品《羅密歐與茱麗葉》

愛麗絲的對話，昏弟敦弟[6]堅定地宣稱：「當『我』使用一個詞語時，這個詞語不多不少地正好能表達我要表達的意思。」「問題是，」愛麗絲說：「你怎麼能造出一些詞可以包含眾多不同的意思呢？」。「問題是，」昏弟敦弟重複道：「由誰來決定……這才是重點。」[7]的確，應該看由誰來決定：是我們使用詞語，讓詞語正好表達我們想要它表達的意思，還是讓詞語支配著我們呢？雖然我們相信自己才是主人，但事實上我們卻受語言的控制支配。自哥白尼和伽利略的理論問世之後，我們就不應該再說「太陽升起來了」，而是「地球升起來了」。一個有著詩人情懷的爺爺陶醉於火紅的日落時，他的小孫女，一個佯裝無所不知的孩子說道：「爺爺啊，是地球在移動，不是太陽啊！」。我們確實是身陷自己語言的桎梏中。

記得雷內・瑪格利特在他那幅奇特的、著名的、畫著一個菸斗的畫作底下寫著「這並不是一個菸斗」。一個菸斗的形象，尤其是「菸斗」這個詞所表達的只是一個形象和詞語，並不代表事物本身。

諸如「是詞語重要還是事物本身更重要？」、「是人比名字重要還是名字比人更重要？」、「是詞語比事實更占上風還是相反？」這類的提問，顯得似乎是閒人哲學家們的眾多問題之一。很明顯人比較重要，事實比較重要，本體比較重要，但所說的詞語也十分重要。孔子曾說過：在名稱和事物之間可能存在著完美的對應。甚至連基督耶穌也想過將自己的「殿堂」築在「彼得」這塊磐石之上[8]。

注釋

1 出自西元215年柏拉圖所作的《饗宴篇》一書。

2 此姓為貝麗莎自創，意思近似為「黃昏的」。——譯者注

3 出自伊莎貝爾·阿連德（Isabel Allende）1990年出版的《伊娃露娜的故事》（*Cuentos de Eva Luna*）。

4 取自奧斯卡·王爾德所作的《不可兒戲》（*The Importance of Being Earnest*）一書第一幕。

5 取自威廉·莎士比亞所作的《羅密歐與茱麗葉》一書第二幕第二場。

6 「昏弟敦弟」即為「蛋頭先生」，英文名為Humpty Dumpty，此處沿用趙元任的譯法。——譯者注

7 取自路易士·卡羅爾所作的《愛麗絲鏡中奇遇記》一書第六章。

8 此處為雙關語，意思是將教義傳授於第一門徒彼得，「彼得」這一名字與「石頭」諧音。——譯者注

Chapter 3

更好地說話

我們經常找不到合適的語言來表達想表達的事物。有時我們又有太多的話要說，卻不知該選擇哪些句子表達較為恰當。不過我們不用灰心，輕鬆地做出選擇吧，如果錯誤的表達確實存在的話，那麼也就不存在絕對正確的表達。就連神聖的婚禮儀式上的有些話直到2004年11月28日，即基督降臨節（義大利語是Avvento，即聖誕節前四週）的第一個星期日之前都還被認為是合適的表達，而在此之後人們卻覺得諸如「我娶你」這樣的慣用語不合適了，應該被「我接納你」取代更為合適。「我接納你」沒有那麼強烈的掠奪性，顯得更為殷勤。大家相互交換禮物，相互接納，而不是相互獲取。同樣的道理也適用於工作招聘用語：待人熱情，讓人感到被接納是美好的事情。

聖經修訂委員會是義大利主教大會所創立的，這個委員會提出了一個可行性建議，把長久以來被我們稱為「神聖的」上帝，改稱為「受人祝福的」或「值得歌頌的」上帝；「需要償還的債」也可以變成是「可以被原諒的冒犯」，這樣一來，上帝就不像是個訓誡者和「誘惑我們的人」，而是當我們身陷誘惑時幫助我們的人。有這樣一句祈求上帝的話「不要使我們陷入誘惑」在很多人看來這句話並不禮貌且含有惡意，因為這樣看來上帝好像是一個引誘者。那麼，根據我們在〈馬太福音〉第六章第十三節以及〈路加福音〉第

十一章第四節中找到的規勸話語，祈求上帝不要把我們孤獨地留在這個充滿幻想的世界上，也許可以這樣說「不要讓我們落入誘惑之中」，或者是「不要將我們置於誘惑之中」。上帝要考驗祂的子民，但在字面上不能太失禮，神學上又不能引起非議，如今人們更願意要一個不再煽動蠱惑我們而且心地善良的上帝。從此往後，戒律的表述都可能跟過去的形式完全不同；根據上述委員會提出的建議，「不要偷盜」可能會變成「你不會偷盜」，一種不那麼專橫的表達形式，這應該會使大部分信徒堅定決心，並且也會達到公民信徒的期望值。

正確的表達並非是一勞永逸的，這是感性和不斷變化的需求之間的平衡問題。有些話人們絕不能說，而有些話在特定的情況下絕不應該說。這也同樣適用於錯誤且失敗的論題或正確且成功的論題。

對「如何說話」制訂規範可能不合適也沒效果。任何「該這樣說，不該那樣說」的規範都不該提出來，也不正常；我們試想，如果我們必須遵循書寫程式為我們設置的自動修改指示去做的話，我們又如何能表述我們要寫的文章呢？也許我們會責備在《心靈驛站》中張三給李四的留言過於裝腔作勢，因為他說：「今晚我請了一位天使去關照你，但他很快就回來了，我問他為什麼，他回答說一位天使可以守護另一個天使嗎？」但這可以讓那些害怕機器將完全取代人類的人感到放心；比如，當你寫華氏（英語farhenait）時，改正程式會強迫你寫成farcenti（在義大利語裡是現在分詞）。其實沒有什麼需要改正或添加的，你該做的其實是拋棄這種軟體。

在安裝電腦時，我們會清理桌面，把安裝指南放在旁邊，做好最壞的準備，就像數十年的經驗教會我們的那樣：實際操作從來不會如同手冊上指導的那樣進行，總會在某個情況下出現障礙或陷入難以預料的困境，螢幕不合適或是鍵盤和螢幕完全沒有反應。

然而指南上的翻譯很正確，也很確切，看上去十分「親和」。問題是這種手冊就像宗教法規一覽表一樣，遵照指示的話可以帶你上天堂，然而我們這些脆弱的生靈更需要的卻是一份建議一覽表，以便使自己不致跌入地獄。對我們有用的是一個電腦沒有反應時應該做些什麼的指南，電腦無回應的事不是只會發生在不幸的莫非（愛德華．莫非的「莫非定律」）身上：「莫非定律」是一個經過慎重編輯的手冊，它使人意識到假如某樣東西有可能出錯，那麼它肯定就會出錯。

總之，這好像是對於做任何事情最好的方法了；與其說強制規定一些難以遵守的規則，不如在事情出現錯誤的時候

Rappresentazione della Retorica nei cosiddetti Tarocchi di Mantegna
曼特尼亞的塔羅牌裡的人物

知道該做什麼，以便使一切都向正確的方向發展。

有些人，他們沒有學過修辭學，也沒有學過邏輯學或辯論技巧，但只要他們願意便能輕易欺騙你。就像有些會踢足球的人，他們全然不懂任何彈道學和生理學的知識，純粹仰賴天賦。有些天賦是無法傳授給他人的，但是我們可以學會如何糾正說錯話和做錯事的方式。

最好關注「不應該說什麼」而不是「應該說什麼」。正確的選擇，實際上多半是在目標、方法和接受者之間經過

Andrea Della Robbia, *Logica e dialettica*, Formella nel Duomo di Firenze
安德雷亞／戴拉羅比亞《邏輯學和辯證法》，藏於佛羅倫斯主教堂內

斟酌後所做出的選擇，而不是那些「一般情況下」、「通常情況下」通用的規則。正確地使用語言不僅是術語的問題，它有時是來自於不同性質的矛盾和相互之間需求的平衡。但是正確的表達是以心傳心的。在瑪麗．卡迪娜（Marie Cardinal）的小說《創作言說》中，她說了三個簡單、決定性的詞語：「我愛你」。她最終敢於說出了這三個放在一起的簡短的詞。「你」（我的母親，美女，專家，驕傲的人，狂人，自殺者）、「我」（瘋子，不是瘋子，女孩，女人）、「愛」（連接，結合，但是還有熱情，吻，還有自由

的可能性）。這樣「正確表達」的準則，就像我們講過的那樣，也適用於成功的論題。

換個說法說話

我們舉幾個簡單的例子，這幾個例子中的資訊在字面上所說的是一個意思，但會讓人很清楚地明白其另有他意。

第一個：「臉上布上了皺紋」，而用「笑的痕跡，淚水的痕跡，疑惑的表情和驚訝的表情」，這些表達方式可以避免說「臉上的皺紋」給人帶來的不快。

第二個：載有四人的車子墜入海中，其中一人死亡。電視新聞如此說道：「所有人都獲救了，除了一位可憐的女士溺斃。」一則公式化的新聞，除了提供事故及其結果的相關資訊之外，還告訴了我們什麼？它告訴我們，救援是很有效的（或者命運很眷顧我們），因為只有一位可憐的、不幸的女士沒能獲救，因為實際情況可能更糟糕。我們感謝我們得到了公民應有的保護（或者說我們感謝命運，感謝我們生命的主人，值得慶幸的是只犧牲了一個人）。

第三個：有個朋友說要在夏天來拜訪我們。如果不想見他的話，我們可以這樣說：「很高興你到別墅來看我們，我們七月下旬會在家，但那時通常會十分悶熱。」如果是一個我們願意見的朋友，也可以用完全一樣的詞句，只需換一下位置：「很高興你到別墅來看我們，七月下旬通常會很悶熱，但那時我們在家。」

以上所述都是委婉、溫和的表達方式，既不歪曲事實，又能讓我們比較容易理解沒有直接說出的話。就像某心理學家談到他一位病人的「攻擊性行為」和「逃跑的保護性本能」時，並沒有妨礙我們理解他所說的其實就是「憤怒」和「害怕」，但他使用另外的詞彙講給那個求助於他的易怒和膽小的可憐病人。

當然，和一個情緒會突然亢奮、不易管控的孩子生活在一起，要比和一個「患有過動症的幼兒」生活在一起更為困難。語言是一劑靈丹妙藥。聖伯納德（Bernardo di Chiaravalle）為手拿武器的好戰修士辯解無罪並鼓勵他們與非基督教徒戰鬥，因為上帝武裝的臂膀不是用來殺人的，而是用來除惡的。

這並不是說我們對不該講的話應該保持沉默。語言有其極限，但在到達這個不可言喻的極限之前，還是得說出來，儘管哲學家們要我們閉嘴，就連維根斯坦（Wittgenstein）也曾犯過這類錯誤。或許弗雷格（Frege）是有道理的，他在給維根斯坦的一封信中提到了Tractatus logico-philosophicus（邏輯—哲學論文），在最後他表明確實需要形而上學的沉默：

「沉默在藝術層面上比在科學層面上更有效。相對於人們說話的方式，說什麼內容反倒是次要的。」在觸及沉默的範圍之前，我們可以最大限度地發洩。歌劇作家洛倫佐·達彭特（Lorenzo da Ponte）對於責備他和莫札特一起參與改編了廣受批評的博馬舍喜劇《費加洛婚禮》的人如此回應：「如果你口不能言，你可以用嘴來唱啊！」但是我們也不能讓沒有歌唱天賦的人灰心喪氣：對於那些不能說、不該說或是不想說的事情，還有很多可替代的表達方式足以讓人們說出不好說出的事情。對大家來說最熟悉的情況莫過於政治問題。對於政治家來說，當別人要你閉嘴時就已經晚了；有太多的人已經講出了不能講的事情：如果沒有什麼可說的，說什麼都不過是噪音罷了。

從前有雄辯術，常用在群眾集會上和法院大廳的辯論中。如今有俚語，它所追求的是讓訊息變得不可理解而不是讓它容易理解。

美國總統候選人往往都有一本由大眾傳媒專家編寫的、指導他們正確表達的手冊，那是一本指示他們該如何回應談話對象或是競爭對手的小冊子。比如，如果假裝讓聽眾參與也能達到同樣想要達到的目的，就絕不要正面攻擊，讓對手感受到一種虛假的言論自由：「你們不覺得對方的激進主義會產生反效果嗎？」，「如大家所清楚看到的，不是我，而是您自己說的話，讓您的行為看起來像是譁眾取寵。」另外，小冊子還會解釋哪些詞語最好別說，或建議最好使用哪些詞語。比如，如果「道德觀」一詞聽來說教意味太重或過時的話，最好換一種表達，改為「健康的常識觀念」。「徵稅」一詞可以說嗎？最好說成「稅收制度」，並建議用「稅賦減輕」來代替「削減徵稅額」。很多「政治事務」或「外交事務」都跟商業和證券交易有密切的關係，就把這些事務留給那些生意人吧！政治家們之間達成的這種「一致」，是至關重要的。相對於「提高退休年齡的門檻」，「積極的養老制度」是在2008年春季民主黨競選計畫中所讀到的精彩委婉用詞。2007年6月Rai（義大利國家電視台）的總部被激進分子占領，Rai的台長桑德羅．佩德羅丘利（Sandro Petruccioli）委婉地稱這次事件是「我們的貴客出於他們的單方面決定所做出的一次駐軍行為」。

用「美」代替「醜」的優點遠大於缺點。如果考慮到所謂的禁忌，「醜」可能有社會性；如果考慮到產生痛苦或沮喪，「醜」則是心理層面的；如果「醜」的讀音讓人不悅，那就是美學問題了。這種替換可以允許我們：

1.避免使用不合時宜或受到批評的詞語，例如，眾人認為的那些「髒」詞，特別是那些和排洩活動有關的詞。

2.講話時不會由於用詞的不禮貌和粗魯而造成冒犯。

3.讓藥片變甜；我們叫它Mary Poppins（《歡樂滿人間》）[1]作用：加點糖，藥就嚥得下去了。

4.偽裝不受歡迎或有損名譽的想法；迴避由於直接表達觀點而可能造成的負面影響。

委婉表達的主要作用就是最大限度的緩和語氣，它的

Retorica argomentativi rappresentata armata.
修辭學裡的人物：武士

目的是減少、掩飾、削弱矛盾，讓對方能接受，情緒反應減弱。簡言之，就是要讓人理解。我們會看到另有一些特殊的委婉表達方式，我們稱之為「卑鄙的講話方式」，它們的目的是補充或刪減某些內容，或是刻意強調，或是著重指出，積極地表明某方面的特點，並在情緒上加以誇大。這些特殊的委婉表達方式，會使並不太美好的事物變好。簡言之，就是不讓對方理解全貌。

語言既可以用來澄清事實，也可以用來隱瞞事實。如何講話以及閱讀字裡行間的內容確實是一門藝術，也許這項技藝應該和寫字、算術一起教授給大家。

為了澄清事實而說話和為了掩飾而說話

有的情況下很難用「真名」稱呼某些事情，因此有必要慎重地說話或使用委婉語，可以用偽裝的語言說出不能說出的話或者敏感的詞語。「特殊的友誼」是羅傑．佩雷菲特小說的題目，講的是一個少年在寄宿學校的經歷。該詞成為了同性戀的委婉同義詞。奧斯卡．王爾德對此作了說明：「不敢用確切的名稱稱呼的愛情」，指同性戀關係。

一般來說，一個人不使用口語裡的四個字母描寫人體後面中下部器官（這四個義大利語字母是Culo指「屁股」，

是粗俗詞），從社會角度來講是禁止使用的，因為是淫穢詞，但是描述該器官的詞語的數量卻是極為可觀的。有一個很有修養的叫法是「肛門」，俗稱為「屁股」，學者稱之為「臀部」，詩歌叫法是尻（podice），實用的叫法是「腚」（sedere），玩笑的叫法是「後竅」（paniere），隱逸的叫法是dove non batte mai il sole（永遠見不著太陽的地方）。還有（僅限於舉例性質）：Natiche（臀部）、chiappe（俗語：臀部）、lombi（腰部）、didietro（口語：屁股）、fondo schiena（背下部）、fondelli（底部）、parti molli（柔軟的部分）。 最近又造了新詞Lato B（B側）。

如果面對一個豐潤的圓體，你無法控制自己的驚嘆，該怎麼說呢？你可以使用委婉說法：「那個用來坐著的肛周肌肉很發達」。De modo cacandi《大便的方式》是一個有趣的題目，只有弗朗索瓦・拉貝萊敢於使用。對普通作家來說則會使用更為緩敘的說法：「chi me l’ha fatta in testa」（是誰在我頭上拉屎的）。

有修養談吐也可以用於辱罵。用這種有教養的方式罵人還是艾柯的那些例子：

文雅談吐的句子：您的大腦不適合思考複雜的問題，只能重複別人的話（暗指你是傻子）。

用極細膩又冷靜的方法：那個人，在出生那天跟一位太太連著臍帶，而那位太太對一妻多夫制幾近瘋狂（暗指那個人是婊子養的）。

分析性的描寫：男性前面會陰部外部尿生殖器圓柱形器官！

就像看見發動機運轉一樣簡單，只要把禁忌的術語用可

Particolare dell' affresco del portale d'ingresso dell'Università di Atene.
Retorica, Poetica, Matematica, Storia, Archeologia, Filosofia.
La Filosofia apre il corteo delle discipline chiuso dalla Retorica.
雅典大學校門口的繪畫。人物分別代表修辭、詩歌、數學、歷史、考古和哲學。
哲學打開學科的庭院，最後以修辭結束。

能替代的詞語代替一下就行了，只要說出來，你的招數就成功了。其實有很多種罵人的說法，都是有韻律的插科打諢。因為語言的表達方式太多了，有時我們反而感到無從表達了：這種說法是一個反論，但至少對那些不瞭解我們這個世界和我們語言的外人來說是這樣的。本來在我們這個世界和語言裡是不應該剽竊的，但是還是有人剽竊。

如果能把當代語言用一本義大利語—拉丁語詞典直接翻譯成古羅馬的語言，那將是翻譯的理想目標。為了達到這個目標需要一本當代的《拉丁語—義大利語詞典》。如果一個父親這樣給子女下命令會有意想不到的效果：「脫掉那個bracae lintae caeruleae（藍褲子），你不能去ludus saltatorius（舞廳）或者taberna discotbecaria（夜總會），你不能穿tunicola minima（超短裙），我們有很多種vestiendi ratio（穿衣方式），你最好走那個orbitalis via viarum conjunctrix（交通要道）」。這些詞語比「牛仔褲」和「超短裙」、「舞廳」和「夜總會」，更複雜。但是非常homo festivus（幽默）或homo afectatus（具有雅皮士色彩）。人們知道，無法看懂的詞很受歡迎，不僅在科學界、政界，小到家庭大到國家皆如此。為此目的，我們建議在成人考試之前準備做一些練習：猜一猜quid stat per ista signa（這些都是什麼符號）。

1.Amor levis調情

2.Exterrum gentium odium排外

3.Invite otiosum失業者

4.Iussum sistendi停止

5.Ministra domestica傭人

6.Parva birota automataria小摩托車

7.Probatio athletarum de re stupefactiva興奮劑證據

8.Sparsivus liquor nebulosus氣霧劑

9.Intercalatum laudativum nuntium廣告

10.Sui ipsius nudatio跳脫衣舞者

11.Valida potio slavica伏特加酒

12.Amplissimus vir要人（VIP）

13.Vesticula banearis Bikiniana比基尼

當然了，問題是：Lingua latina potestne in nostrae aetatis communitate restitui?（拉丁語能重新回到我們這個時代嗎？）

委婉語的妙用可以透過修辭的方式來獲得，例如優雅的比喻、漂亮的省略、迂回說法、樂人的緊縮法、基本詞彙的語音交替或語法上的特殊交換用法，在簡寫後面的謎語般的掩飾，表示縮小義的後綴、昵稱的後綴、不完整的詞語或句子、可怕的間接肯定法、反話法、倒轉語法、詞形變異、緩敘等。這些詞在義大利語裡看起來像是疾病的名稱，實際上卻不是，即使是tapinosi這樣的詞也不是表示疾病的詞，它表示「緩敘」的意思。

如果你使用緩敘，比如你用「微醺」這種方式稱呼「砸壞東西的醉鬼」，那就是緩敘的用法。還有使用「減少」的方式「non in-」，例如「una persona non indispensabile」（一個非不可或缺的人）、uno voto non insufficiente（一個非不適當的選票）、un evento non incredibile（一件非不可相信的事件）、una vita non inglorisosa（一個非不光榮的一生）、uno atleta non negativa al controllo antidopping（抗興奮劑檢查非陰性的田徑運動員）。一個律師深知他為之辯護的客戶的罪過是non-nesciente（非不知）。喬治．奧維爾建議凡是使用這種格式的人最好使用問答比賽式——繞口令語言的雙重否定：「一條不是非白的狗正在不是非綠的草地上追一隻不是非小的兔子」。

正確的方式肯定更直接，但是更生硬。越簡單，也就越生硬：「未通過」意思很清楚，但是讓學生心痛，意味著「respinto」（不及格）；如果是「non incluso」（不包括在內的）比「escluso」（排除在外）更可行。

我們可以說這件事不是不可忽視的。Non vietano（不禁止）意味著「許可」。Non probabile（不是不大可能的，希望不大）意味著improbabile「不大可能的」。但是non improbabile「不是不大可能的」跟probabile「可能」所表達的意思相差甚遠。實際上，如果non probabile「不是不大可能的，希望不大」意味著不超過百分之五十的可能性，improbabile「不大可能的」則意味著可能性更接近於百分之零，而非百分之五十。我們說improbabile「不大可能的」一般大致介於零到百分之二十五之間。因此，透過否定表達我們想表達的話（一個有學問的語言學家會用拉丁語這樣說：per contrariae e negationem「相反和否定」的意思），可以表達不同的含義而且能表達出我們想要說的話的不同意思。

「一個非不負責任的特派員可以就不稱職的競選者作出一個非無效的判斷」不同於「一個負責任的特派員可以就一個稱職的競選者作出有效的判斷」。第一個定義與第二個定義不同，此話也適用於預定的競爭崗位的競爭者參與一個非競爭活動。重新定義對於委婉說話也是特別有效的方式。一個議員在議會出席率為百分之七十與同事缺席百分之三十意義大不相同。前者值得讚揚，因為持久的出席與承擔集體義務相符，後者是該受到批評的。委婉語可以是一個想開玩笑的人以幽默的方式說出的話，或有必要說出不愉快的事情而不得罪人，或者以得體的方式說出挖苦的話而不挖苦人。

「不合時宜的建議」肯定是以優雅的方式說出來的，不是因為該想法過時了，而是因為有這個主意的人有毛病。有時可能是過分敏感。我們這個時代是一個自由的時代，人們想說什麼就說什麼，例如把我們四條腿的朋友稱為「非人類動物夥伴」，而不把雜種狗稱為「雜種」。不把「文件合法有效」稱為「文件合法有效」，而稱之為「協議」（在此情況下尋找不太討人嫌的詞彙變體有了合理性，因為反覆地上訴為求得赦免有了一個合法的理由，這樣就解決了很多違章建築和違反稅收的案例）。

「得體」是讓人們採用那些約定俗成的句子，「外交辭令」和那些「考慮周全的拐彎抹角」的詞語讓外交官們針鋒相對地使用鋒利的語言而不陷入對方挑釁圈套或者採用不當語言。「我們的前任以果斷的手段處理了動蕩的過渡階段。他的功績應當得到承認。」這是一個優雅的輕描淡寫的外交辭令。翻譯成不具外交辭令的語言應該是這樣的：「我們之前的那個宗派主義者在不該介入的事件中嚴重地且令人氣憤地干擾了我們。現在我們終於解脫了。」

委婉格式也有一些風險：它模糊、模棱兩可、意思不明確、讓人誤解或曲解意思、過低估計說話者的意圖。

如果一個外交官不懂得「我們注意到了」（意思是「我們知道了。現在我們什麼都不做，但是我們會記著這筆帳的。一旦有機會，我們就讓你們付出代價」），那將會出現嚴重的問題。更糟糕的是，如果他不能履行諾言或說得不適當就會出現更嚴重的困境，例如，不能以合適的尺度回應大使對手的「不友善行為」，情形將會很糟糕——也許不會發生戰爭，但嚴重的危機肯定會出現的。

在伊拉克被綁架的一個義大利人道主義者被釋放後，外交官在介入該事件時這樣回答：「一個小小的代價是不可避免的。」人們想知道「這個小小的代價」是指政治上的讓步還是幾十億歐元的代價呢？

語言這麼多豐富的表達方式背後都是些什麼呢？為什麼「要拒絕那些指……令人害怕的名稱呢？」柏拉圖指出有必要從詩歌裡刪除那些指地獄、逝者陰影、魔鬼、哀哭等詞語，不是人們不喜歡聽這些話，而是因為人不應該怕死，不要被死亡的恐懼束縛住。即使到了另一個世界也不要害怕。這樣，人們就會明白，在委婉話的背後語意的減輕用法，其原因不僅是該說法得體端莊，也是文化上的和意識形態上的問題。

在一個詞或一個句子裡含有很多前提，這些前提有很多含蓄的附加意義，而大家都明白這些意義。要承認鼓吹運動者的唯一功績，那就是他使用了絕對不折不扣的「政治正確」的表達方式，例如他使用極端主義的術語，「剝奪」文化，而不是簡單的術語「沒文化」，它能幫助我們關注強勢文化吞噬其他所有文化的危險。這樣，用「缺乏黑色素的人」代替「白人」肯定是不規範的，但是至少對批評現存語言中的偏見詞語和具有種族主義色彩的事實還是有用的。

美國1993年初展開了一場大辯論，一個記者對此作了報導。這場辯論並不涉及新的戰爭的威脅，也不是恐怖主義的威脅，更不是經濟危機 ，而是應該如何稱呼美國總統克林頓夫人的問題。傳統的叫法是「第一夫人」，而女權運動詞典的作者安娜·昆德蘭則認為不合適，因為這種叫法會讓人們聽起來好像跟美容院、小姐競選、虛假的上流社會有關，而對一個承擔重任的、有教養的、職業律師這樣一個大人物則不合適。有人建議使用「第一配偶」，這也不夠謹慎，馬上就被否定了，因為這裡帶有家務、廚房的味道。這種說法適合做家務的另一個半邊天，例如芭芭拉·布希很少參與政事。

「第一夫人」可能對甘迺迪聽起來好一些，但是對過於張狂的希拉蕊·克林頓來講就不合適了。

語言學家凱利斯·克拉馬雷用了一個詞：「第一伴侶」，也沒有成功。因為該建議在一陣哄笑中被否定了，因為「伴侶」曾經指泰山（Tarzan）的伴侶珍妮。

「總統第一伴侶」的稱呼似乎是反憲法的，因為克林頓·約翰遜的法令禁止親屬進入美國政壇。

「總統女合作者」一詞的稱呼，除了不合時宜之外，就女權運動和語言規範來講，都似乎不太尊重人。我們指的是總統丈夫的權利被減少了百分之五十。

那麼該事件是如何結束的呢？希拉蕊決定保留舊的叫法，也就是傳統上稱呼的「第一夫人」，與此同時加上了「所有美國人的」定語，她沒有放棄想成為第一女總統的抱負；假如巴拉克．歐巴馬、麥凱恩以及所有美國人都同意的話。

聰明的委婉語效應也可以透過添加插入語來實現，例如：「實際上」、「基本上」、「潛在的」、「潛力上」、「狹義上」等。

「我們暢通無阻。從潛力上來講，我們能為地面上所有的企業提供服務。」一個物流公司的廣告詞這樣說。相關資訊及其服務「實際上」可以獲得，請撥打熱線電話或者登錄某某網站。

當我們要買砧板時會看到這樣的廣告詞：「該產品非常理想，適用於切割，耐熱，抗菌，可用洗碗機清洗。太完美了。實際上它還不易碎，難道還有比這更好的產品嗎？」

當我們說一種清潔劑「實際上」能消除所有的細菌，我們可以在清潔過的地面上吃飯，讓孩子們在上面玩耍。我們還會被告知：地板上還有一些細菌，最好用不同的清潔劑再清潔一下（最好是高效抗菌的消毒劑），這樣就可以繼續在

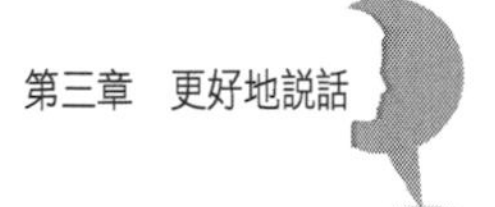

上面吃飯並且讓孩子們在上面放心地玩耍了。

「實際上」這個詞的用法比我們書面上讀到的有一些不同，他們說的是真話。

廣告本身是真實的，不能說廣告是不真實的或者是謊言，因為從文字上來講已經承認不能消除所有的細菌。「實際上」是委婉語的變體，當人們使用清潔劑的時候，怎麼用就完全不同了。

設想一下，一個孕婦到法官那控告避孕藥廠家，要求獲得賠償，這個小騙子（藥品使用說明書）說道：如果按照使用說明服用就能保證百分之百的避免懷孕。

法院的判決書是怎麼說的呢？盧茨在他的《雙關語》一書裡指出，美國聯邦法院是有道理的，並非虛擬的。因此在1971年拒絕了孕婦對生產廠家的控告訴求。原因是，查詢《韋氏大詞典》，「虛擬的」不是指「絕對的」，也不是指「永遠的」。藥方上的正確解釋按照詞典的釋義應該是這樣的：即使按照說明的要求服用，藥品也不能百分之百地保證不懷孕。

當然，藥廠和廣告公司如果說了這樣的話，那位女士就會採取更好的避孕措施，避免了誤解的危險。

「虛擬的」是誇張的說法，是無辜的詞語，雖然與副詞「實際上」表達的意思是相反的，但是藥廠發出的資訊是很有用的，而且是很有吸引力的廣告語言。

我們看一下詞典：「虛擬」它是可能存在的，但並非存在，與現實、實際是相反的，也就是說它是潛在存在的，是可能實現的，但是還未實現，也就是它還不是「實在的」東西。

還有一些狡猾的詞語，例如「幫助」和「採取行動」。例如某種牙膏宣稱有助於預防齲齒。但如果我每天刷三次牙，操作正確，吃飯時不忽視鈣，任何牙膏都能幫助我們預防齲齒，或許還更有效果。

有一種清潔劑對纖維有極強的作用，那麼究竟對纖維有何作用呢？如果我的毛衣洗過之後受損了，我可以控告洗滌劑廠家嗎？廣告公司並沒有告訴我，洗滌劑只能清除汙物，但是透過清楚的文字語言預先告訴我洗滌劑的功能是很強的，那就沒有辦法控告了。我們應該使用一種洗滌劑「它能輕微地發揮效果」並且（就客戶和汙漬來說）都能照顧到。

如人們所見到的，並非所有的說明書都是能讓人們看明白的。如果目的真是這樣的話，人們就使用大多數廠家所使用的語言和方式，也可以說這是不想讓大眾明白，只想讓那些內行的人明白（一個極端的例子是給你一個密碼，但它阻止你去搞明白用途），或者掩蓋詞義——這個詞不清楚因為不表達任何意義或者疑似太多。

當比喻控制了委婉語，那就麻煩了，它就不再是表示良好願望的詞了，不再是為了辟邪稱太平洋為那個暴風雨的大洋了，而是一個穿著紳士外衣的無賴，說的是一套，做的卻是另一套。即使不是諷刺的話，也是騙人的假話。

注釋

1 《歡樂滿人間》（*Mary Poppins*），是迪士尼公司於1964年發行上映的真人動畫作品，改編自澳大利亞兒童文學作家崔佛斯（P. L. Travers）的同名小說。主角Mary Poppins（瑪麗·包萍）是一位仙女保姆，她來到了人間幫助Banks家的兩位孩子重拾歡樂。——譯者注

Chapter 4

貧乏的術語和概念

由於語言具有無限的潛力和多種表達方式，所以有時我們會覺得不知如何說話才好，甚至覺得自己無話可說了。我們沒有話說，是因為語言有無數表達的可能性而讓我們無所適從，或者純粹就是我們不會說話。如果是後者，那就是語言不夠豐富，也就是語言能力差。一個穿著破爛的人反思道：「我以為自己很貧窮。後來有人說我並不窮，不過是生活貧困而已。後來又有人對我說，我之所以生活貧困，只是我無財產或無遺產罷了。我在經濟上處於劣勢，更準確地說我是一個乞丐，我身無分文，但我有豐富的語言。」

那個無家可歸的人在語言方面是超前了一步，而在財產平等方面卻落後了一步。如果我們相信心理學家皮亞傑、作家羅達利、教育家弗萊雷和大師米拉尼等人所宣稱的語言教育平等論，我們就會相信語言將能使我們平等。一個人的語法和句法知識貧乏，從認知角度來講才是真正的貧乏。如果有人把下面這句話penso che sia bene（我想是不錯的）說成penso che è bene（我想是不錯的），我們就可以知道他犯了一個義大利文的語法錯誤，因為在這裡只能用è，而不能用sia。說明他不懂義大利文語法的時態，而且也說明了他不瞭解現實和主觀的區別、事實和可能性的區別、陳述性和虛擬性的區別。

歐威爾和新語法學派

1999年春天，在庫德族領導人奧查蘭訴訟案期間，土耳其政府頒布了一項法令，禁止報刊使用某些術語和某些表達方式。詞彙要統一使用「庫德族恐怖行動」，不能使用「庫德族獨立戰爭」，要把「庫德族地區」改為「北伊拉克培訓基地」，把「庫德族人」改為「謀劃分裂的民族」等等。喬治．歐威爾曾設想過，如果在「老大哥」所主導的電視節目裡引進的術語和規則都是很簡單的初級語言，那麼這種「新

George Orwell (1903-1950)
喬治．歐威爾

語言」不是用來交流的，而是用來限制語言的；不是為了促進表達，而是為了控制思想。如果世上沒有「自由」這個詞，那麼就不會有人再提起自由了，因為「自由」這個概念再也無法表述了。

歐威爾預測這種新語言將於2050年代替現行語言。世界上某個角落似乎正等待「自由」這一概念發展的進度表。關於「自由」，在歐威爾「老大哥」字典中只是「自由的土地」、「自由詩歌」等意。在2050年該詞典將出現「自由的」和「自由」概念。

Libero是形容詞，意為「自由的」。當我們說libero的時候有以下含義：1.我們聽到的是「嘟嘟」的聲音（電話接通的信號）。2.未被占用的事物（有空間、房間未被占用、有地方、路暢通、電話通了、計程車是空的等等）。3.足球術語：自由中衛；講的是令人難忘的尤文圖斯隊員西雷亞。4.一個電視連續劇的著名人物。

Libertà是名詞，意為「自由」。語法上是陰性。

有時會出現這樣的情況，當人們不再提起某一件事時，那麼那件事就不存在了。例如，食人肉的習性，從前被稱為「食肉罪孽」；由於該詞不再被人們提到，該問題就不存在

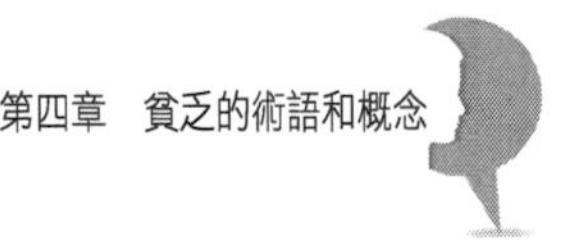

了。這件事不再被人們提起，該事實也就不復存在了。如同地球不是以經線和緯線所組成的方塊，它也不是框起來的經線和緯線，然而經線和緯線卻是定義地球不可缺少的術語。由此看來，術語能給我們提供現實本身不具備的座標。反過來說，如果沒有掌握某個術語，就無法想到某件事物。不可否認的是，如果一種語言沒有相應的詞彙，將會產生不少問題。例如在義大利語中，我們有一個詞politica，它表達了兩個概念，一個是政治，另一個是政策，這個詞相當於英語裡的politics和policy。同樣的詞還有retorica，表示修辭學和辯論術，一個是理論，一個是實踐。Stilistica（文體學）不同於stile（文體），storia（歷史）不同於storiografia（編年史）。

曾有不少淨化和簡化語言的鼓吹者，例如，佩勒雷的《烏托邦時代的完美語言》和艾柯的《歐洲文化的完美語言之研究》。但是一種語言極度簡化（如果不是必須簡化的話），它將使現實變得無法理解、無法滲透或無法接近。我們所說的一種「完美的語言」事實上它不應當是完美的。假如我們要為電腦編輯下列程式「霜淇淋溶化」。電腦就會分析、加工，然後當機。螢幕上將會顯示下面的資訊：

完美的語言機器：「請定義何謂『溶化』。我的完美語言詞典說答案為物質化為液態。我不懂霜淇淋如何能溶化。請解釋。」

有缺陷的語言發音人：「啊，你說得對。霜淇淋正在液化。」

完美的語言機器：「還是不懂。霜淇淋不可能液化。」

有缺陷的語言發音人：「為什麼不能？看！它正在把我變成膏狀。」

完美的語言機器：「我不可置疑的完美語言告訴我，液化是從氣體變為液體的過渡。術語不正確。」

有缺陷的語言發音人：「那我們就說溶解，好嗎？」

完美的語言機器：「為什麼霜淇淋溶解？霜淇淋害怕被吃掉而急著跑掉嗎？」

有缺陷的語言發音人：「啊！看啊！霜淇淋正在溶解。」

完美的語言機器：「現在我懂了。好了，該詞正確。霜淇淋像蠟、銅、鑄鐵。查詢我的詞典之後，答案如下：從固體向液體溶化的步驟。好的，現在我試著降低溫度，以便使霜淇淋保持固體狀態而且可以舔著吃。祝你享用愉快！」

由於語言有模糊性和不準確性，使得人們無法理解有些詞語的意思，這類事情常常發生。因此長久以來人們一直試圖創造一種沒有任何缺陷的、純潔的、明確的、精確的語言，而這夢想一直困擾著人們。「完美主義者」尋求的方向是多方面的，尋找一種簡單的、中立的、從科學角度來制訂的語言。邏輯—機械化的語言可以用機器來使用，無需解釋，因而就沒有誤解的危險。誠然，乍看之下似乎是精心挑選的詞彙，不帶感情色彩的、沒有內涵的基礎語言似乎是可以達到目的。但不久之後我們就會說這不過是烏托邦式的想法。試想一下：要是數學家的主要任務就是關注加減法，誰也不會覺得可笑，因為完美和統一剝奪了我們的笑聲。但

Dotti che discutono, Palazzo della Ragione, Padova
《討論問題的學者們》，帕多瓦，正義殿

如果教室裡貼著一張條子，上面寫著：「禁止碰威尼斯百葉窗」，某位調皮的學生在下面寫上一句話：「那要是碰帕多瓦的百葉窗呢？」

自動翻譯若出現難以逾越的困難不足為奇，因為自動化機器不能完全理解說話者的動機和區別上下文的意思。西爾維奧．切卡托在嘗試用機器翻譯《福音書》後，放棄了該翻譯的各項計畫，因為諸如「堅強的精神」都譯成了「優質的葡萄酒」，「脆弱的身體」被譯成「下等牛排」。因此，如果從一個角度人們希望創造一種沒有雙重意義的、而且能操控的語言，而從另一角度人們會看到巨大的潛力影響。如果一首詩歌裡，說話直接或暗含意義，無言之言、無傷大雅之言或略含崇高的冒犯之言，那麼會出現什麼樣的狀況呢？如果沒有比喻的語言、沒有詞語的遊戲、沒有建設性效果和令人愉悅的模糊性語言，那麼會出現什麼狀態呢？最糟糕的狀況下就是幽默的消失，因為幽默是純語言現象，沒有語言，百分之九十八的相聲演員就會消失。我們要正視現存的這個不完美的語言，儘管它有局限，但是也有很多魔力。一種不完美的語言只要它是自由的，必將遠遠勝於任何沒有模糊性、不連貫、矛盾的語言體系，它永遠都是完美的語言。因為語言的模糊性、不連貫性、矛盾性大都是為交際而服務的，而不是為了阻礙交際。我們在此重新強調一下：語言的奧秘就在於享受

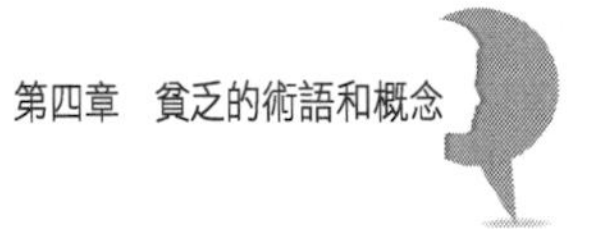

迷人的語言的同時，也能擺脫它，不受它的迷惑。

反語言和官場用語

語言常常被作為操控和調控的工具，而不是交際的工具。公共機關所使用的非常混亂的語言就是一個例證，因為它不是讓人們進行交流的橋樑，相反地，它在說者和聽者之間製造了一個障礙。官場用語就得簡單些才好，即使你是一個人道主義者也要這樣做才好。例如2003年1月聯合國宣導的「拯救兒童」運動提出這樣一個口號：「改善營養是強化兒童權利的形式」。但更好而且簡單的口號應當是這樣：「多提供食品，多提供權益」。

很多公文不寫chi trasferisce un diritto（「轉讓權利的人」，這是口語句子），而是說dante causa（指「過戶人」，此為文言句，是拉丁語）。

不說firmare in fondo（「在結尾簽字」），而說firmare in calce（「在頁底簽字」，是文言詞）。

不說rischiare una multa（「冒著罰款的危險」），而說incorrere in un'ammenda（「招致罰款」，是文言詞）。

不說strada（「道路」，是口語詞），而說asse viaria（「交通網」，是文言詞）。

這些詞語實際上都是不對等的詞（說它們是對等的詞，實際上都是一種官僚主義——數學化的語言），這是一種弊病，或是語言的怪現象，它們反映了一種世界觀，一個不平等的世界。這是對人的不尊重，因為它使用的是遠離常人的語言，跟使用正常語言的人有相當大的距離。這就說明了為什麼在學術界流傳著一種現象，門外漢越是聽不懂就說明這個演講的水準越高（問題是在無數事情上每個人都可能是門外漢，只有在少數事情上才是內行的）。知識分子你們說話應該要簡單些！

實際上這種說話的方式從前曾被稱為「盜賊的語言」，今天則被稱之為「雙重意義」，採用這種說話的方式並不是採用冷僻詞的弊病，也並非是追求准藝術文雅的空想的巴洛克語言，但這種根深蒂固而且已經定形的形式，讓語言變得難懂。

試圖簡化公文使之變成易懂的文本，毫無疑問地是值得讚揚的事。但是實際上他們的最大目標只是在於使行政語言減少一些障礙罷了，正如卡爾維諾所說的「當一些事情不夠簡單時，就不清楚，而不惜一切代價要求弄清楚、使之簡單化卻是極為草率的，因為這種要求會使說話變得平淡，也就是說虛假」。面對著複雜的事情要盡全力去思考和表達是唯一有用和誠實的表現。

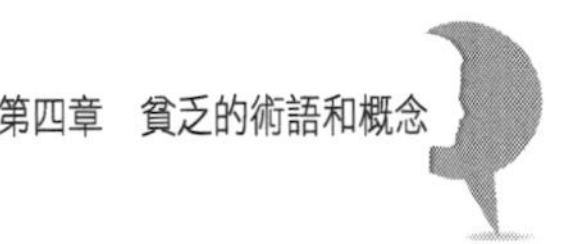

有人可能有過撥打187電話的體驗（這是一個提供電話服務的線路）。人們常常會在漫長的等待中聽到這樣的語言：「我們（有理由認為）第一個空閒的話務員會馬上回答你。」這是什麼話！話務員一旦完成一個接線任務，不會馬上把你打發走，這是一個合乎情理的推測，而實際上他已經厭煩解釋，他有理由認為故障會在四十八個工作小時之內修好。這種熟練的和更口語化的回答方式是值得讚賞的，但有時也會造成惡作劇。當我們的電話斷線後我們肯定需要的不是假設，我們需要的是更具體的資訊。再例如，當我們收到發出去的信被退回來，上面寫著「該地址不存在」，這要比寫著「未被送交」好些，因為後面這種說法語言太清楚了，太現實了，太明確了。為此完美地引入一種清楚的行政語言或許並不是我們所希望的，因為有時太明確、太現實、太清楚會讓人感到沮喪。卡爾維諾說得對：當事情不清楚時企圖弄清楚是一種空想；如果事情很複雜，　簡化則會扭曲了它。

我們說在無法給予確切消息的時候而直接講出來是誠實的。因此187的回話總體來說是誠實的，他知道而且告訴我們明天不一定能排除故障。總之，我們有理由認為電話公司的服務資訊說「請您稍待，因為電話正在忙線中，話務員們都在忙著。第一個空閒下來的話務員將會回答您的請求」

等語言應該改為一種肯定的語調。我們希望電話公司服務資訊的留言應該改變一下，因為電話公司現行的留言是不合適的。語言是為人服務的，除了交流之外，還要緩和些並讓人感受到溫馨，而他們現在所選擇的說話方式並不令人滿意。

Chapter 5

豐富的術語和概念

掌握語言是一種娛樂，具有再創造性和趣味性的雙重意義。比如說，怎樣說明你知道某件事情呢？你可以平鋪直敘地說：「我知道。」在這樣的表達方式裡，我們所使用的語言還處於零級的水準。但如果有人想用一種特殊的表達方式，或是想得到某種特殊效果，或者想展現一種不平凡的形象，他可以利用語言提供的多樣性加以表達。即使是一個簡單的短語，如「我知道」，也可以用無數的方式來表述。

親切地：「我告訴你，我知道。」

講解地（非正式）：「你要知道，我是知道的。」

講解地（正式）：「我正式通知你，我知道了。」

判斷地：「告訴你我知道的。」

感嘆地：「我相當瞭解的！」

疑問地：「你知道我知道了嗎？」

祈願地：「我想告訴你，我知道的。」

表白地：「我承認我知道。」

疑惑地：「我覺得我知道。」

猶豫地：「我也不知道怎麼回事，但我就是知道。」

堅定地：「我堅持，我知道。」

果斷地：「我不可能不知道。」

可信地：「我向你保證我知道。」

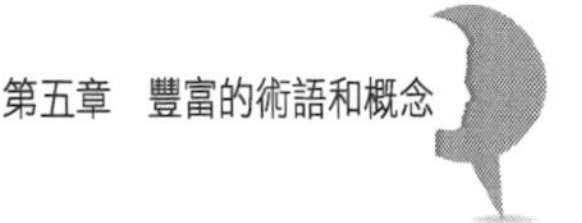

莊重地：「我向你發誓我知道。」

挑釁蠻橫地：「我知道，全都知道，從來都知道。」

任何一種通俗的表達，無論是否出自意願，我們都會給出有關自己的資訊，介紹自己，展示自己。此外，語言不僅限於給事物或現有類別命名，還體現在組織並建構這個世界上的事物和類別。把列寧格勒市改為聖彼德堡似乎是一件微乎其微的事，我們可以表示贊同，也可以用「繼續享受老命名者尼古拉聲譽」的名義加以反對。這看起來不過是換名而已。然而卻相反，名稱的變化既改變了城市的過去又改變了城市本身。正如我們改變了自己對高山的感知一樣，同一座高山可以叫做「橄欖山」也可以叫做「聖靈山」。紐澤西州一個沿海小鎮的居民在2005年將他們小鎮的名字從南貝勒馬改為科莫湖（Lake Como）。改名之後的短短幾個月內，其土地和房產的價格就翻了一倍。這就是科莫湖效應，看來名氣效應確實能帶來實惠。

在這裡我們要重申一下：語言創造出圖像，圖像又創造出創意，而創意決定行為表現。我們如何說話和交談對我們的存在有一定的影響，或者反之亦然？隨便拿一句俗語就能形容這種情形，比如「雞生蛋，蛋生雞」，但是另一個例子「吞自己尾巴的蛇」也不錯。在各種表達方式當中搜尋出一個文明的表達，這是一個「語言認知的循環過程」。在各種哲學思想當中探索，語言最終變成了一種「自我創造與更新」（這是一種比銜尾蛇不咬尾時更壞的情況）。這是語言的盛會[1]，語言的盛宴和語言的博覽會。

即使是馬塞爾．普魯斯特本人想看他所著的《追憶似水年華》第一卷的印刷品都要付錢，因為所有拿到其七百一十二頁手寫稿的出版商都無法理解：為什麼本來只用幾行字就可以表達清楚一個人睡覺時翻來覆去，在他這裡卻

Marco Fabio Quintiliano (I sec. d.C.), autore del trattato *Institutio Oratoria* (Sulla formazione dell'oratore) 馬可．法比奧．奎提里亞諾（西元一世紀），《論培養演說家》作者

占用了三十頁之多，而這一部分紙張的空間本可以留作其他的用途。有關長篇大論，伊拉斯謨解釋說，語言就應該像河流一樣延展。但是，他在《論語言與思想的豐富性》一書第五章中為簡便起見，壓縮了空間（很顯然這樣做是為了保持形式和內容的一致性）。語言的簡潔和繁冗是對立而統一的，就如同光明與黑暗，真與假，離開另一方都無法存在下去。

無論是簡短的表達還是複雜的表達都需要相同的技巧，概括的能力和分析的能力同樣重要。對文章的壓縮意味著著手稀釋：如果習得的數據越多，備用的語言工具越多，那麼最佳的途徑就是選擇。

一個人想要一樣東西可以用至少六種不同方式來表達：可以陳述地說，或者詢問或者命令，也可以用兩種不的聲調來調整陳訴，請求或者命令，溫和或者堅決。想像一下有人需要借一百歐元，他可以含糊其辭地陳述或斬釘截鐵地陳述，委婉地請求或者威脅性地要求，友好地要求或者專制地命令。

肯定

含糊其辭：「嗯，錢嘛……永遠都不夠。特別是歐元。」

斬釘截鐵：「明天之前，我需要一百歐元，不得延期。」

詢問

委婉的方式：「不好意思，請允許我問你一下，不要有負擔，清楚嗎？你可以借給我一點錢嗎？就一點點，如果你不介意的話。只要借給我幾天而已。」

威脅的方式：「你給我聽著：現在到了你回報我為你做事情的時候了。」

命令

親善的方式：「來，借我一百歐元，我有事要用錢！」

獨斷的方式：「要麼把錢給我，要麼你跟我之間就玩完了。明白嗎？」

即使沒有教練的指導，我們也能明白應該讓見習司機注意到：「離合器要慢慢放」。安娜瑪利亞・特斯達及時在她的《使他們明白》[2]中提出了三十五種不同的命令方式。她引用了一些寶貴的實踐例子：

嚴肅地：「我懇請你，用離合器的時候不要分心。請記住輕踩輕放很重要。」

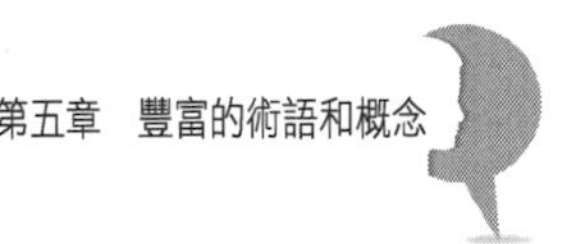

可信任地：「聽我的話，慢慢鬆開離合器不容易，可這是基本動作。如果你願意的話，我可以教你。」

使人安心地：「不要擔心，學會慢慢放開離合器是需要練習的，你一定能學會的。另外，如果你多注意一些的話，我敢打賭你已經具備這個能力了。」

沉著地：「所有的人都能學會慢慢放開離合器，只是早晚的問題。慢慢來。」

平穩地：「得了，你又不是第一次開車。不要想著你要像駕駛員一樣操控它，你現在或許只要多注意一下，好不好？」

從容地：「喂，離合器要慢慢放開。」

使人愉快地：「不好意思，寶貝！你覺得現在對待那離合器足夠『溫柔』嗎？」

調侃地：「行了！行了！我們立個協議吧：如果你學會慢慢放開離合器，我發誓我也能學會把牙膏蓋子蓋上。」

諷刺地：「你放開離合器的方式真是夠有激情的。現在你想不想嘗試枯燥一點的方式呢？」

幽默地：「……可憐的離合器……你聽，它在說『呦，嗷，呦，我把你怎麼了，你要這樣突然地鬆開我，也不提前通知我，不給我寫信，不留紙條，沒有電話，甚至不給我一個擁抱……』」。

可愛地：「喂，加油！我們一定能慢慢放開這個離合器的。」

有信心地：「你知道嗎？我以前學習開車的時候，學會慢慢放開離合器也是花了一番功夫的。」

浪漫地：「你是一個溫柔的人……來吧，現在把你所有的溫柔都用在那裡，慢慢地放開離合器……」

富有詩意地：「你對離合器踏板該做的事就是……要怎麼說？要向它慢慢道別。」

喚起注意力：「聽著，它不會燙傷你，你也不會死，慢慢放開它，好嗎？」

溫柔地：「加油小乖乖，慢點放開離合器。」

具體地：「你有兩隻手，不是嗎？左手放在方向盤上，而右手現在要放在變速檔上。為什麼右手要放在變速檔上呢？因為你總會不自覺地慢下來。當然你還要用到腳。右腳放在煞車上，左腳要放在哪裡呢？當然是在離合器上。慢慢踩下去。現在你可以換擋了。那要如何拿開離合器上的那隻腳呢？慢一慢一來。」

實用性很強地：「你要慢慢減少離合器踏板上的壓力，不要突然放開腳。」

挑釁地：「我認為不需要雙學位和高智商才可以明白放開離合器要慢慢來，不是嗎？」

真誠地：「聽著，我不知道要怎麼再講下去了……慢慢放開離合器，就當這是為我做的。」

動人地：「注意聽著！汽車除非你操縱它否則是不會自己動的。如果你跳過了某一步，那是因為你下的命令太快了。你能感覺到踩離合器的那隻腳嗎？好的，現在把它抬起來，每次抬高一毫米。」

下面的表達可能有時會使用，但是並不可取，因為它們會產生破壞性的、適得其反的效果，還有其他的方式。

魯莽地：「慢點，該死！」

猶豫地：「呃……不知道……想起來……這是離合器的問題……你那麼做似乎有點……總之，你看著辦吧。」

挖苦地：「真厲害啊！再有兩次這樣的起步，你就解決了學開車的問題了：把離合器弄壞然後車也就可以扔了！」

惡毒地：「不幸的是我無法告訴你如何用腳開車。」

偏執地：「我非常清楚，當你這樣放開離合器的時候，目的就是讓我發瘋。」

大鼻子情聖是有道理的。一些要說的話和要炫耀的語調都顯示在那個不和諧的大鼻子上了：華麗的化妝品店招牌，大蘿蔔或者小甜瓜，鳥兒待的支架，流血的時候成了紅海，這個不和諧的面孔[3]……

減弱和擴大

馬庫斯・法比尤斯・昆提利安寫道：「演說家的所有能力在於擴大和減弱。這兩種功能都有同樣的模式……可以在於內容和用詞。」（雄辯家的培訓，VIII, 3, 89）也就是說可以添加或者刪節，強調或隱瞞，加強或削弱，提出一件事或結束它：「如果沒有擴大和減弱的技巧，怎麼才算是有口才呢？前者需要理解的比說出來的更多，也就是說擴大和誇大比現實走得更遠；後者則需要減少和減弱（IX, 23）。舉個例子來說，如果要說一個人被打了，可以說他被猛擊了，或者說他們打了他（VIII, 4, 1）。另一個更為傳統的而且對我們來說更為實際的例子是：如果多數派把政府的法令視為神聖的，而反對派則把它看作是醜惡的。讚美或貶低並非是詩人的語言「塗料」，而是法律上的加罪或減罪的修辭工具，除了法律之外，它也是為政治、黨派、體育界、意識形態或知識分子服務的寶貴工具。

擴大有以下幾種情況：

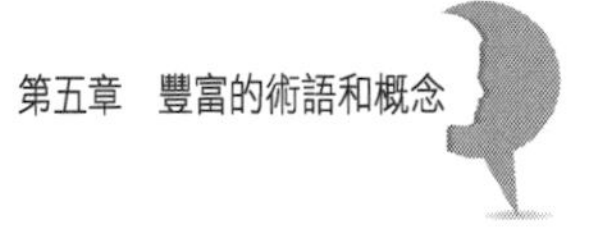

使用遞增

其中一個例子是西塞羅式的漸強：約束羅馬人是一種壞事，打他是一種罪過，殺他就如同弑殺父母。把他釘上十字架如何？

使用比較

「如果在家裡這樣做極為可恥，那麼在公共場合就可想而知了。」

使用推理

當我們要得到一個結論時，就要從先前已表達過的前提開始。如果普里阿摩斯的一些老人或者智者顧問（不是帕里斯，不是孟耐勞士，不是那些群氓）認為是因為不忠的緣故而引發了一場戰爭，那就可以推斷海倫的魅力有多大。

另外一個例子是披頭四樂團的（階級合作論者）約翰．藍儂在阿爾伯特皇家劇場演唱會上說了一句帶有挑釁性的話：「這最後一首歌需要你們的幫助，坐在普通座位上的可以鼓掌，坐在劇院正廳的可以把他們的珠寶搖得叮叮作響。」

使用疊加

最終效果是達到整體重複的結果，這種重複可以是分級或者雜亂的。兩個西塞羅的例子：「曾有一個監獄看守，他是讓羅馬人死亡和恐怖的劊子手，是瑟斯提奧侍從官」（Verrinae《魏里斯》，V, 118）。「你用那武器做什麼？對準誰？為什麼你對準他？你想做什麼？你想得到什麼？」（Pro Ligario《里加流斯辯》，III, 9）

可以注意到累積只在論證領域有意義有力量，在說明領域則僅需一個說明便足以令人信服了。在畢達哥拉斯定理的許多種可能的說明中，拿出一個就夠了，再拿出第二個就是多餘的了。例如，要通過建設新垃圾場、新的焚燒爐或核電站的提案，那麼累積論就並非是多餘的了。我們在說明領域，只要有一個有份量的說明就夠了，而在論證領域足量的多樣性才是有效的。

多面性樣本

在伊拉斯謨的時代，他的作品中最值得讚賞的是一部關於語言多樣性的著作《論語言與思想的豐富性》（*De duplici copia verborum ac rerum copia commentarii duo*），該書在一百年間就出了一百五十個版本，而後又重印了至少五十次，它是十六世紀[4]一本真正的教學暢銷書，或者說賣得最多的書。

《論語言與思想的豐富性》是一個從農業上衍生出來的

概念，並慢慢在被充裕、擴大（請參考豐裕之角）。在修辭領域它是一個西塞羅式強有力的遞進術語，並且被昆提利安所使用[5]。

因此《論語言與思想的豐富性》並不僅僅是意味著一種流暢的演說方法或者一種風格上的多變，它也是論據上的豐富多變，涉及到那些要說的和如何說。它包括了儲備、豐富、配備、可用性、充裕、數量、變化和文體的概念。也許

Erasmo da Rotterdam, autore del *De duplici copia verborum ac rerum* (1512), trattato sulla versatilità linguistica.

伊拉斯謨，《論語言與思想的豐富性》一書的作者（1512年），講述了語言的多樣性

今天可以用現代「多樣性」來表達，或者至少來說，「多樣性」能是一個理想的文體和概念，它可以表達出拉丁文術語「copia」的意思[6]。

在鹿特丹的伊拉斯謨所著的《論語言與思想的豐富性》一書中，論述了「機智與精巧」、「表達的貧乏與豐富」、「語言與事物的關係」、「如何委婉表達」。伊拉斯謨是一個睿智的大師，雷蒙・格諾受其影響，寫出了令人振奮、享有極高聲譽的《文體練習》[7]一書。雷蒙・格諾用了不同的方式敘述了在巴黎一輛公共汽車上發生的一個普通插曲，提出了九十九種說話的方式。伊拉斯謨和雷蒙・格諾兩個人以同樣的精神和對等的方式採用了所有現行的修辭方式。伊拉斯謨的目的是給學生創造一個「在舌尖上有一個修辭法的總匯」（1, 81），教育學生也就是要讓他們能流利自然地表達。流利，也就是能用不同方式說同一件事。自然，即是具備迅速從習得的總庫中提取能更符合當時所需語料的能力。因此不僅僅是流利和文體的豐富，還要有敏捷、精妙、活潑和啟發性的創造力，從內容和形式之外的觀點來看，兩者應該如同修辭上的創造與雄辯一樣和諧一致。

伊拉斯謨的書有些令人望而生畏，它充滿了大量的同義詞、象徵比喻法、迂迴的說法，或冗長多餘，或精緻細膩、極具詼諧幽默、充滿旺盛的創造力，這些都為一個教育目

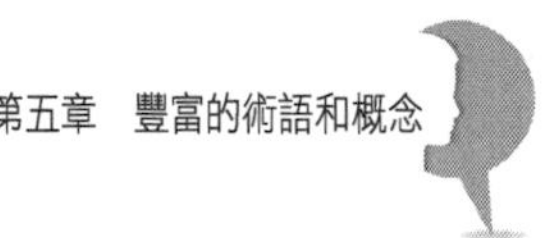

標——如果你不想被生活壓倒，就要掌握語言。掌握語言本身並不是目的本身，對伊拉斯謨來說，語言的貧乏伴隨著心胸的狹窄，也伴隨著真正的貧困。

該書第三十三章提供了很多應用實例，用上百種方法來重述一句通俗、並非含義深長的話。例如，「你的信帶給我很大的樂趣」（Tuae literae me magnopere delectarunt）這句話就可以說出至少一百九十五種不同形式，這裡僅舉開頭的句子和比較簡單的例子。

「你的信帶給我不少快樂。」

「你的信是我很開心的原因。」

「你可以想像，在你的來信中我瞭解到你的心情，這使我充滿了喜悅。」

「當郵差送來你的信時，我深深地被難以言喻的喜悅所包圍。」

「我該如何告訴你，當收到你的來信時我是如何沉浸在伊拉斯謨精神的快樂之中。」

同樣的，「我一生都會記得妳」這句話，伊拉斯謨也變化出了兩百種風格。

伊拉斯謨的作品不是一個簡單的同義詞總庫，也不是一個野心勃勃的、提供一個寫作大全，其目的只在於實用性（正如前面已經提到的[8]）。他始終懷有培養的理想、系統的述求和理論的目標。多樣性對他來說既是風格規範也是教育規則。

對於伊拉斯謨而言，學習語言和學習事物同樣重要，甚至前者可能更重要。這符合我們已知的所有關於語言或事物的理論，即使事物很重要，那麼語言也先於事物[9]。這裡不僅只有一個概念，即名詞對某人來說承載著比實物更多的價值，「人傾向於接受頭銜而不是實物」[10]。近代以來人們非常確信語言可以塑造現實，而非簡單地呈現現實。第二個他所期待的教育目的是一種發問術。「並非要用每個人全都以看得懂的方式去寫作，而是應該用能引導他人研究學習的方式去寫作」，伊拉斯謨在第二十八章末尾這樣寫道。所以說《論語言與思想的豐富性》這本書不是一個單純的美學規則，它還具有功能性——在培訓的框架下，利用語言的塑造性和靈活性使之成為一門藝術。

注釋

1 威廉·莎士比亞的《愛的徒勞》，第五幕，第一場，頁35-36：「他們剛從一場文字的盛宴上偷了些吃剩的肉皮魚骨回來。」「語言的盛宴」這個說法是愛蘭（K. Elam）用來形容莎士比亞作品的慣用語，還被他用來為自己的一個隨筆命名，它激發了男侍者布魯斯科林諾與梅拉可塔的對白。

2 安娜瑪利亞·特斯達的《使他們明白》，米蘭，卓意出版社，2000年，頁381-83。

3 羅斯坦德（E. Ronstand）的《西拉諾情聖》，第一幕。

4 由貝蒂·諾特編輯的*De copia*（《論語言與思想的豐富性》）的英語譯本，也可以參見Craig. R. Thompson (ed)（讓·薩姆森選集）第一章和第二章〈文學和寫作教學〉，參見第23卷和第24卷，多倫多，多倫多大學出版社，1978年。或參見伊拉斯謨作品全集，阿姆斯特丹，North Holland出版社，1969年。另外還可參見《論學習的動機》（*De ratione studii*），在作品裡伊拉斯謨強調了中等教育改革計畫，1511年版；還可參見《論兒童教育》（*De Pueris*）（1529年），伊拉斯謨談到了教育的目的和方法，英文版，劍橋，W. H. Woodward出版社，1904年。

5 《論語言與思想的豐富性》（*De copia verborum*）是培養演說的能力和語言的豐富性，見第十卷第一章的第五段。該段描寫了一個演說家應該具備的條件：豐富的話題（概念）和語言能力（詞彙）。

6 如伊拉斯謨所說，《論語言與思想的豐富性》一書包括四種概念：語言變換的能力、詞彙豐富、說服力和豐富語言和思想的能力。見多納爾多B.金和H.大衛里克斯（Rix）合著的關於伊拉斯謨《論語言與思想的豐富性》一書，〈給讀者的說明〉，頁9。密爾沃基，馬凱特大學出版社，1963年。

7 義大利文譯本，艾柯譯，都靈，Einaudi出版社，1983年。

8 許多學者論述過《論語言與思想的豐富性》一書，例如，勞倫佐・瓦拉的《優雅的拉丁語》（*Elegantiae linguae latinae*）（寫於1444年，出版於1471年）；魯道爾夫・阿格利科拉（Rodolfo Agricola）的《論辯證法的發現》（*De inventione dialectica*）（1479年）。伊拉斯謨宣稱他的書出版後看過皮克羅米尼（Enea Silvio Piccolomini）的《修辭藝術戒律》（*Praecepta artis rhetoricae*），巴塞爾（1490年）。特蘭克蒂諾（Nicodemo Tranchedino）也寫過一本《論語言的雙重豐富性》（*De duplici copia verborum*）（大約在1470-75年）。

9 《論語言與思想的豐富性》一書，參見《作品全集》第一卷《論學習的動機》（*De ratione studio*），頁521。萊頓，Jean Lecercl出版社，1704年。

10 參見伊拉斯謨對話第一章〈關於事物和語言〉的論述，頁306。米蘭，費爾特利內利出版社，1967年。

Chapter 6

雙重語言

你們不要使用華麗的外來詞，我們的語言裡同樣有優秀的詞語：假話。

——亨利·易卜生

「分叉」的語言：雙重語言

這個世界上有藝術品偽造者，有在食品裡摻假的人，還有搞複製的人，但是有一種更加狡詐、更加危險的造假者，他們不在地下造幣廠和畫室工作，也不在食品公司或者錄音棚「作業」，他們高明地使用一種簡單而神奇，常見而又迷人的工具：語言。

「證人很有策略地提供了一些避開事實真相的描述」，不過幸好的是他沒有說謊，要是「他知道怎麼說謊並且真的說了謊」，那就會是很嚴重的一種情況了。

以前，在有宗教裁判所的時代，是不存在嚴刑逼供的。當時所擁有的僅僅是嚴密的審查。就算把那時的案例搬到今日來看，當今的國際特赦組織對宗教裁判所當時做出的判決也無法提出任何異議。

今天，我們有了一種「溫馨的電話服務」：某人打來電話，電話的另外一端並沒有人，只有一個預先錄好的聲音。如果你沒有馬上明白這是怎麼一回事或者還抱有幻想（希望

Doublespeak ovvero il linguaggio doppio di George Orwell
《雙重語言》一書封面，作者喬治・歐威爾

有人馬上會來接電話），那個聲音就會告訴你，「您撥打的電話正在通話中」。為了不丟掉得來不易的頭號機位（先打進來的會先被接通），我們一般都會在線上繼續等候，並且聆聽毫無中斷的鋼琴演奏《四季》。鐘錶指針一分一秒地逝去，煩人的等待還在延續。這時候，電話秘書台會叫我們稍後重撥，以便能賺取我們下次撥打的三分鐘話費（因為重撥的結果可能是一樣的）。我們不能否認，這絕對是真正的「溫馨服務」，只不過是在為電話公司進行「溫馨」的服務。

歡迎來到用唯美的語言和繽紛的筆法掩蓋事實真相的雙重思考、雙重語言的世界。在這個世界裡，只要對語言進行小小的改造，我們便能讓一個青蛙變成王子，讓王子變成國王；只要一件龍袍和一個皇冠，就能掩蓋一切，使純真的小孩和昏庸的朝臣都無法看出國王裸體和淫穢的本質。在這個世界裡，一個詞語能有兩個不同甚至相反的意思，從喬治·歐威爾的「戰爭即和平，自由即奴役」這句話裡就能得到證實。在這個世界裡，有人能贊成兩種相對的看法，或者在腦海裡同時存在兩種矛盾的想法並且同時接受它們。怎麼可能會產生這樣的世界呢？

英國小說家斯特恩（Laurence Sterne）進行了解釋。當一種行為的發生與存在是為了一個好的理由時，就叫做堅持。當它被認為動機不純時，就變成了固執。柏拉圖對此作了很好的解釋，他筆下的一個睿智的人物闡明了一種觀點：某些事情是只能在私下談論的，而另外一些事情才是可以公之於眾的。因此，很多人不僅僅講雙重語言，還毫不猶豫地進行雙重思考——在公開和私下有著不同的思考。

保羅·維納（Paul Veyne）從更為心理學的層次對此作

了更好的解釋。人們如何能相信一半的事實或者相信自相矛盾的事實呢？孩子們既相信聖誕老人從煙囪帶來聖誕禮物，卻又相信他們拿到的禮物是父母放在聖誕樹下面的。那麼，他們真的相信聖誕老人的存在嗎？答案是肯定的。衣索比亞的多爾澤（dorzé）民族的信仰也有異曲同工之處。人類學家丹・斯波伯（Dan Sperber）說，在衣索比亞人的眼裡，豹是一種信奉基督教的動物，並且在衣索比亞遵守著科普特教堂的禁食準則。然而，在週三和週五禁食期間，一個衣索比亞人為了保護自己的牲畜不被豹吃掉，在這兩天會更加不放心。他既相信這兩天豹會禁食，卻也相信豹天天獵取食物。為什麼呢？因為從經驗來看，豹天天都很危險，但是宗教傳統向他保證，豹是信教的。

和衣索比亞人一樣，希臘人也是既相信又懷疑自己的神話。當他們需要神話的時候，就相信，但是當神話不能給他們帶來任何好處的時候，他們也就不相信了。在同一思想中存在著矛盾的事實是一種普遍現象。所有的民族為了確認他們所希望相信的東西時，會對自身的神諭或者至理名言進行積極的支持或贊許。

整體來說，人類只會對他們想要的或者希望的東西表現自己的忠誠。正如帕斯夸萊・帕內拉作詞，路其奧・巴蒂斯提所唱的那首歌《場面》一樣：你說你不懂就讓你不懂。

仔細想一想之後，以上這些雙重思考的例子並不會讓我們感到吃驚和擔心，比如說，「不存在真理」和「科學理論總是臨時的並且會在將來被證明為謬論」，這兩句話我們不會認為是自相矛盾的，因為這種思考的雙重性是人為臆造的或者有些是強詞奪理的。西塞羅說過，如果兩位占卜家相遇，他們總會互相嘲笑，因為他們往往持有不同的預測觀點。以上所說的占卜家、獵豹、衣索比亞人的這些例子，我們在此不必去擔心和考量，我們需要論證的是——人們何時使用雙重真相來欺騙他人，以及何時會去進行一個帶有雙重含義的演說。

「全角度調查」向我們介紹了如何處理棘手的事情。在本章前面提到的那些例子可以看作是使用「委婉」手法的一些語言現象。「委婉」從字面上說，就是用一個中性詞替換一個貶義詞。當遇到一個難題時，無從著手的人或者不想著手去做的人的典型回答是：「所有的選擇都是可行的」。「全角度調查」代表的就是「多中心即無中心」這種唯物辯證法觀點。

又比如說，賣鍋的人不希望別人稱他為「賣鍋販子」，而喜歡被叫做「新型烹調體系的宣導者」。同理，在當今眾多賣電腦及週邊商品的人中，總有人能「鶴立」於所有賣家之中，提供所謂的「辦公室的創新方案」。再如，把經濟滯漲時期說成是「經濟零增長」，而經濟蕭條時期稱之為「負增長」。

將掃大街的清潔工稱為「環衛工人」，並不會妨礙大家理解這是一份什麼工作。在「商人」這個詞的後面，我們隱約可以看見一個暗地裡搞非法交易的形象。從「他做了一個超出演講稿範圍的講話」這句話中，我們可以很容易地體會到一種更直接的意思：「如果他閉嘴，會更好一些」。但是，還有一些其他形式的委婉詞語帶有不可行或是更加危險的意思。「死刑執行者過剩」要表達的也許是「對持不同政見者的大清洗」。前者只是一個為了掩蓋事實而不是為了闡明真相的短語。再如，「上級對專欄記者下達統一指示」的另一種不客氣的說法是「上級將對新聞內容進行審查」。是啊，大家都知道，在當今社會，作為一個蠻橫霸道的人總是不受歡迎的，因此，也就有人善於在手裡拿著「原子彈」的時候還能保持那份優雅的氣質。人們有意用委婉的手法來掩蓋和遮掩不愉快的事。往好的方面看，在雙重語言中，這種作用更為明顯。雙重語言以委婉的手法為基礎，但是它的目的不僅僅是為了將自己的不快減至最小，以及在精神上進行發洩（迴避、逃避、隱藏、擺脫），它也是為了在精神上給自己充電和加力（向積極的方向指引、強調）。與委婉法相比，雙重語言還有些其他的東西，比如，有人沒說謊，但是也只說了一半事實；如果他有所保留，沒有說出所有的事，這樣也算是「省略了他所瞭解到的事實」。

像「改變意見和陣營」這句話，我們看得出來它是在說「背叛」這種行為。舊貨買賣商打出「買舊的東西，賣古老的東西」這樣的廣告，這並不會帶來太大的負面影響。但是，把「屠殺」叫做「大清洗」就不是一個純粹的委婉用法了，因為在這裡一個從感情上令人排斥的行為轉變成了一個令人稱道的行為。

正因為這樣，雙重語言是一個與雙重意思不同並且更難琢磨的東西。比如下面這種雙重意思的答覆：「謝謝您寄來這本可愛的書。現在我知道，讀它並不會浪費我的時間。」（另一種含義：我讀它不會認為是在浪費我的時間）。收到答覆的人可能會不滿意，他會很想知道對方到底是想好好利用時間讀這本書呢？還是不想浪費時間去讀它呢？在雙重語言中不會出現需要解釋的情況，因為它的技巧和意圖是為了顯擺和賣弄。而委婉詞語或者雙重意思是跟實際相反的，使用它們的意圖是為了不讓大家瞭解得太清楚而保留疑點。

雙重語言有兩個特性，一個是減弱和緩和負面性，一個是強調和突出正面性。如果委婉的手法是用一個中性詞替換掉一個貶義詞的話，那麼雙重語言就是用一個褒義詞去替換那個貶義詞了。這樣一來，在政府首長口中和相關報紙的筆下，稅金的上漲就變成了「稅金的合理小變動」。用委婉的短語是為了避免讓人接觸反感的東西或者隱藏不愉快的事實。而雙重語言則是在鎂光之下，去積極地展示說話者想要強調的一面，好比「垃圾焚燒爐」變成「熱能開發利用機」。

語言並不是單純用來說明事物的，它同樣能聚集我們的注意力，並指引我們去看這個世界。這方面，在下面這個著名的腦筋急轉彎中可以體現出來。

父親和兒子去旅行，路上他們遭遇了一場嚴重的交通事故。父親死了，他的兒子被送到最近的醫院搶救。在急診大樓裡，值班醫生驚愕地看著躺在擔架上的傷者大叫道：「噢，上帝，我的兒子！」這件怪事如何解釋？不可思議的悲劇令許多人都感到困惑。為什麼剛剛去世的父親這時又變成了醫院輪班的醫生。這一點，也許很難馬上讓人們想明白。

不需要太多的智慧便能解決這個問題，但肯定的是，要聽眾想到這個醫生是女醫生這一點，還是需要片刻時間思考的。這個故事裡出現了性別的問題，因為一個小小的字母o造成了歧義，「醫生」在義大利語裡是medico，通常被想成是個男人（因為以o結尾的詞，通常是陽性名詞。但實際上medico這個詞既可以用作男性也可以用作女性）。另外一個可以理解為醫生的詞dottore，因為詞尾是e，同樣可能會引發這類問題（這個詞只可以用作男性不可以用作女性）。上述腦筋急轉彎中的誤解就在於人們只去考慮陽性名詞，而不是去中性地理解該詞。

語言在使我們領會某種事物的同時，偶爾也會帶來一些誤解。這一點，在接下來的謎語中得到了很好的印證。「兩個印度人在路上走著。其中一個是另一個人的兒子的爸爸。另外一個人是誰？」只要你想一想印度語也有男女之分，這個問題就能馬上迎刃而解了，因為對於一個兒子來說，雙親是兩個（而媽媽只有一個）。

因此，語言並不是一種描述工具，而是一種讓我們以一種特定的方式去理解和觀察事物的工具。我們從下面的比喻中可以看出來：在天空中閃亮的不僅是一顆星，而且可能是一顆引導博士們前往耶穌居住的房子的彗星。約翰·奧斯丁（John Austin）說過一句很有道理的話：「每個句子都具有表達力。所有我們說的話都是我們態度舉止的一種表現，不管人們願不願意承認這一點，我們說的話都必不可少地有些遮掩。」

我們使用的詞語很少會不存在感情和價值取向的共鳴。不管願不願意，這些共鳴將自動向我們傳遞一些情感、判斷和評價，並且會幫助或阻礙我們對資訊的理解。例如，「美國人」和「洋基人」，「寬容」與「放縱」，「忠心」和「盲從」都是對同樣的主體進行說明，但是意思卻不同，前者是中性詞或褒義詞，後者多是貶義詞。很早以前，在海上的掠奪艦隊和海盜幹的是同一件事，只不過前者是為自己的國王陛下服務，而後者只為自己服務。

曾經有一個俄國老頭想把他的土地從俄國的地籍冊上轉到芬蘭的地產登記簿上。他這樣解釋道，儘管他對寒冷的祖國俄羅斯懷有無限的熱愛，但是他仍舊不想也不能在俄羅斯度過剩下的冬天了。他再也扛不住下一個「俄羅斯的冬天」了，因為他覺得俄國的冬天要比鄰國芬蘭的冬天冷得多。

斯夸特（Squatters）可以是一個團體，一個運動派別，一些煽動者，一些信奉無政府主義的暴徒，一群潛在的恐怖主義分子，它的含義可以從一個中性的「團體」上升到危害社會穩定的造反派。一個悔過者站出來說話，他可以是揭露真相的「回頭浪子」，也可以是個散布「流言毒素」的叛徒。通常，只要稍加修飾，我們就能削弱他人的洞察力，刻意妨礙他人對真相或者要點的理解。

在我們的語言中，存在著一些有用的、含糊的或者模棱兩可的詞語，這些詞語並不是一個詞只對應一個含義，或者說它們至少有兩個具體的意思。乍看之下，這些詞語好像是中性的，但實際上，詞語之間卻充當著一些制約人們思想以及對人們的意識形態進行控制的工具。如果這種工具對思想的制約性越不被人所察覺，它就越危險。

雙重語言至少有三種專業上的分類，其中一種是記者，他們是一群病態地掌握了雙重語言的群體，影響聽眾對事實的判斷。就像有句話說的那樣，「如果記者們不存在，最好是不要把他們創造出來」。因為對詞彙和語言的熟悉和掌握能力，使他們能夠自吹自擂地對外宣稱自己的中立地位。

我們應該理解記者，理解他們在向人們展現事實時的躊躇與不順，因為如果只是要他們去敘述一個事實，他們會覺得特別受限制，他們也總能感受到一種強烈的責任感，正是這種責任感讓他們覺得應該去對每個事件進行褒獎或者譴責。確定一個運動是愛國主義運動還是極端民族主義運動，或者確定一個軍事行動是預防性的閃電戰還是卑鄙無理的侵略並不是一件容易的事。然而，有時僅僅一個簡單的詞就能把它們區別開來。實際上，中立的詞語並不存在。

比記者更險惡的則是政客。他們說假話並向選民們許了很多諾言，為的是讓選民們相信他們。在每個政黨那裡，我們總能找到那種善於說服他人相信事實或者相信善意的謊言天才。人們沒有必要對他們擺出一種防禦姿態，因為政客們基本上已經讓其他人信服了。

比記者、政客更卑劣的是普通的知識分子。「我聽見

Jonathan Swift (1667–1745), *L'arte della menzogna politica*
斯威夫特的《政治欺騙藝術》

了風車的聲響，但是我看不到風車下磨出來的粉末。」他們就是那些像叔本華（Arthur Schopenhauer）一樣如此嘆息的人，他們就是那些寄生在每句話之後，而且不會以人們的利益為主去理解那些話真諦的寄生蟲。

比普通知識分子更卑劣的是那些一心想向上爬的院士和學者。他們絞盡腦汁往上鑽，以至於他們連準備自己要說的和要傳授的東西的時間和機會都沒有。

比懷有野心的院士更差勁的是已成名的專家和學者。他們會在一個比賽中，為了偏袒自己的學生或者要提攜他人，把另外一個危險的競爭對手毫不留情地淘汰掉，最後還美其名地說：「因為他在我們這個比賽中太出色、太優秀了，過於超出平均水準了，與其他選手不是一個等級，所以組委會決定不給他晉級的資格。」

戰爭有很多種，有傳統的武器交戰，還有人們所稱的資訊戰爭。在一個傳統的戰爭中，人們可以用一些虛假的不可靠的資訊或者看上去是正確的資訊去制約敵方，這就是資訊戰。每場戰爭都有很多受害者，真相就是第一個受害者。語言是打擊真相的武器，正因為如此，它也就成為了最先要被「中和」和被摧毀的目標之一。

在任何一個戰地報導中，西方媒體在說到「我們」或盟軍時，大體都會這樣說：盟軍發言人在記者發布會上說，盟軍精準的外科手術式閃電戰並未帶來相關的負面損失，只有一架飛機在執行任務中沒有返回。對此消息，軍隊總司令也給記者們下達了整體指令。

當西方媒體說到「他們」或敵軍戰線時，一般就成了這樣：極端民族主義的媒體持續不斷地報導了敵方瘋狂並盲目的導彈襲擊，幸運的是，敵軍的襲擊沒有造成無辜百姓的傷亡。一架敵方的飛機被盟軍的高射炮給打了下來。為了掩蓋，敵方指揮官開始對媒體報導進行審查。

在戰爭時期，英國《衛報》根據敵我雙方立場的不同，對戰爭中相同的人物和事件的不同說法和措詞進行了比較，並且列了這樣一個單子：

1.我們有陸海空三軍

他們有戰鬥武器

2.我們壓制火力

他們摧毀

3.我們在戰壕裡戰鬥

他們躲在地堡防空洞裡

4.我們進行防禦性攻擊

他們在未被挑釁的情況下進行無理攻擊

5.我們的士兵是為民主奮戰的英雄

他們的士兵像炮灰一樣被派往前線戰鬥

6.我們謹慎

他們膽怯

我們能很容易地把「有極強責任感的志士」轉變成「被洗過腦的、盲從無情的烏合之眾」。同樣地，一個在「中央政府活動的政治家」很容易就能變成「一個暴戾的獨裁者」，一個「勇士」奇蹟般地淪為了一個「紙老虎」，如此等等。

在政治、國家事務、醫學、文化、科學和偽科學、教育、體育以及報刊等領域中追蹤「狡猾」的用詞，已然成為了一個有用且有教育意義，能讓我們認識到其中的陷阱與本質。揭開隱藏在美麗詞藻下的真相這個過程，不僅是為了找到和刪掉這些用詞，而且也是為了褒獎它們，如果有值得褒獎之處的話。

為了解開那些由於拿捏詞語和同義詞而影響了人們溝通和理解的死結，我們不妨看看下面這個要求找出正確搭配的練習。左邊的是經過了美化和加工的語句，而右邊則是沒有經過創造性處理的（義大利語）單詞所組成的語句。

1.一定的（幾乎是最好的）結果	A.在知道撒謊的情況下撒謊
2.曾經新過的物品	B.為了在電視節目上成名的人
3.最終選擇停戰	C.生產活動轉移到其他分公司
4.偏離事實的戰略性描述	D.無條件投降
5.生態皮草	E.用過的商品
6.超標的味道	F.像其他東西一樣容易變質
7.負增長	G.沒有成功
8.企業的重新定位	H.失敗的經營
9.實際上不可摧毀	I. 蔚藍的天空
10.真人秀	L.無法容忍的臭味

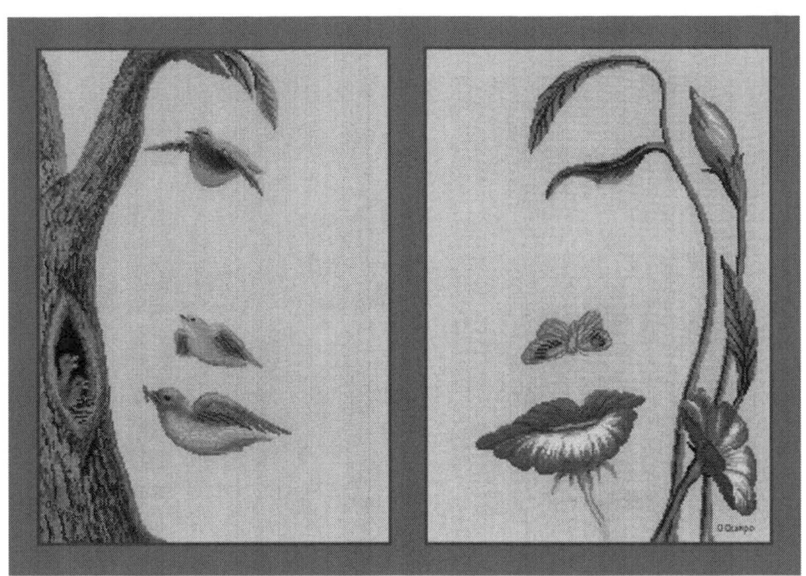

Immagini a doppia lettura. Volti ambigui di Octavio Ocampo
奧克塔維奧·奧坎波的模糊面容

如何說真話時說假話

說謊是說服他人的方法之一，它伴隨著語言的存在而存在。語言具有替代性，能夠用來說明一些事物，這一點也讓（我們）能在語言上做文章，從而欺騙他人。一個特別吸引我們並值得探討的現象就是「說真話時說假話」。以「我不相信某人」為例，當原標題是「我不相信那個壞蛋」時，前者其實就完全改變了後者的意思，不過當從字面上或者整體上去把握時，我們都不能說它是個謊言。在此，我們有一個關於此現象的一個重要的例子，就是在陳述部分事實的同時，去掉那些與我們要說的話相互矛盾的東西，這是一種說真話時說（含蓄了或包含了）假話。

「我們沒有達到球隊預先制定的目標。」（實際上，降入乙級聯賽對球隊來說是一個極大的失敗）。在同樣的意圖下，還會有像此類圓滑的回答：「您不要擔心，您的請求我們會考慮的，並將得到應有的答覆。」（結果是他的請求被毫不留情地扔進垃圾桶裡）。

透過對語言的掌握和拿捏，比如用委婉的方法和運用某些術語，一些虛假的資訊就會在表面真相的掩蓋下被合理化。這是一個很多廣告人和不法分子經常運用的語言技巧。實際上，「盜竊行為，本質上來說，是一種邏輯上的財產轉移」這一點是無可爭辯的。

數字同樣適用於被詮釋、分解和改造。比如說，統計資料從來不會以相同的形式發布，所以在一份民意調查中，總能夠發現一些異於整個調查結果的區域性特殊情況。在分析了競選結果後，每個人（政客）總能找到和引用一些對自己有利的數據使自己始終處於有利地位。不過，沒人能指責他們，說他們說謊，因為他們說的都是事實，儘管這些事實是不完整的和被誇大的。

相反地，人們還能舉出在一些情況下，說謊話是還原真相的唯一途徑。我們用卡薩馬約（Casamayor）中的一個小故事來說明這一點。

有一天，晴空萬里，陽光明媚，有人讚美道：「真美啊！」普通的幾個詞，只用說不用寫的幾個字，不需要被銘記，就像有人說一句騙人的諺語一樣。時光流轉，變天了，冬天挾帶著暴風雪來了。世界上眾多好事者之一站出來，毫不留情地指責這個可憐的讚美者，斥責他在盛夏因為天空的明媚而感到非常愉悅。好事者說：「你們知道他說了什麼嗎？對，就是這個。他說『真美啊』！」結果其他人都很震驚，並且取笑讚美者：「腦子壞了，腦殘！都不知道自己說什麼了。」不幸的讚美者想否定自己之前那句不適宜的話，以此來反抗。但是好事的攻擊者從容並嚴厲地扮演著自己給自己安上的角色，爭鋒相對地質疑道：「你說過這句話，還是沒說？」對讚美者來說，已經沒有退路了。唯一的辦法就是以同樣厚顏無恥的方式，或者以更甚於卑鄙之徒的形式去堅持，以此讓自己的氣勢不輸給對手：「沒有，我就是沒說，你哪隻耳朵聽見的，有本事證明看看！」只有在恰當的時候說出來的謊言，才能挽救和還原事實。

如果讚美者被攻擊者恬不知恥的行為所嚇到，並且因為自己的正直而僵在那裡的話，他就完了。也許他會開始承

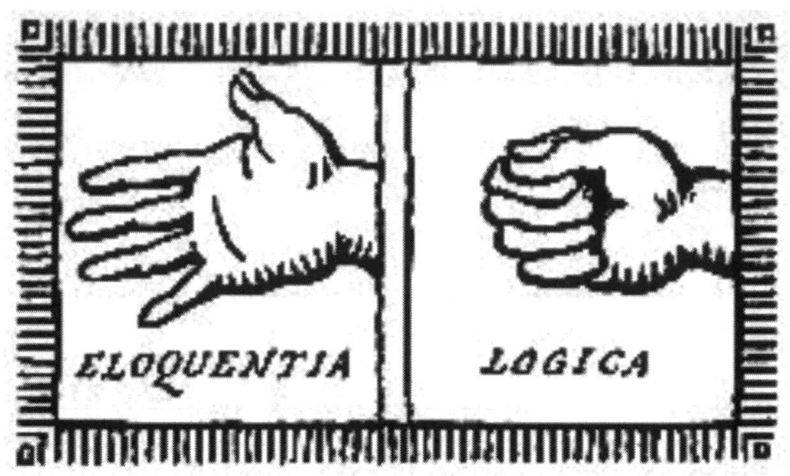

Retorica (mano aperta) e Logica (pugno chiuso) secondo il filosofo greco Zenone di Cizio (336-265 a.C.)
根據希臘哲學家季蒂昂的芝諾（西元前265年）的看法，修辭（張開的手）和邏輯（握著拳頭的手）

認，承認他的確說了……。我們的誹謗者這時候就會張開雙臂，對眾人擺出一副肯定和責怪的動作，說：「剛才我怎麼對你們說的？（我沒亂說吧？）」

可憐的讚美者接著會想解釋：「我是說了，但是……」。這個「但是」就會是他的終結。雖然他會嘗試解釋他說過這句話，但是當時是八月，那句讚美詞是一種喜悅的自然流露，但是還沒說到這兒，他會再次被打斷：「強詞奪理，真虛偽！」

炮轟的目標越是正直、越是善良的人，人們對此就會越加感到氣憤並深深陷入羞愧中（這是做人的本性）。

這則小故事對倫理的挑戰是：如果想為人誠實、正直，並且不懂得欺騙藝術的話，那麼請記住，一定不要以老實人、正直人的方式去生活。只有面對無辜的老實人，厚顏無恥之徒才能在論戰中獲勝。如果老實人能識別這些小技倆並且會揭穿詭計，而且適時「入戲」的話，就能改變結果，顛倒「戰局」，讓局面回到對自己有利的一面。

因此，在一些運用純粹而又簡單闡述事實的手段，或者運用高超的半真半假的陳述手段都難以完全擺脫困境的情況下，人們可以運用這則小軼事裡面的哲理來應付某些尷尬的局面。

Notes

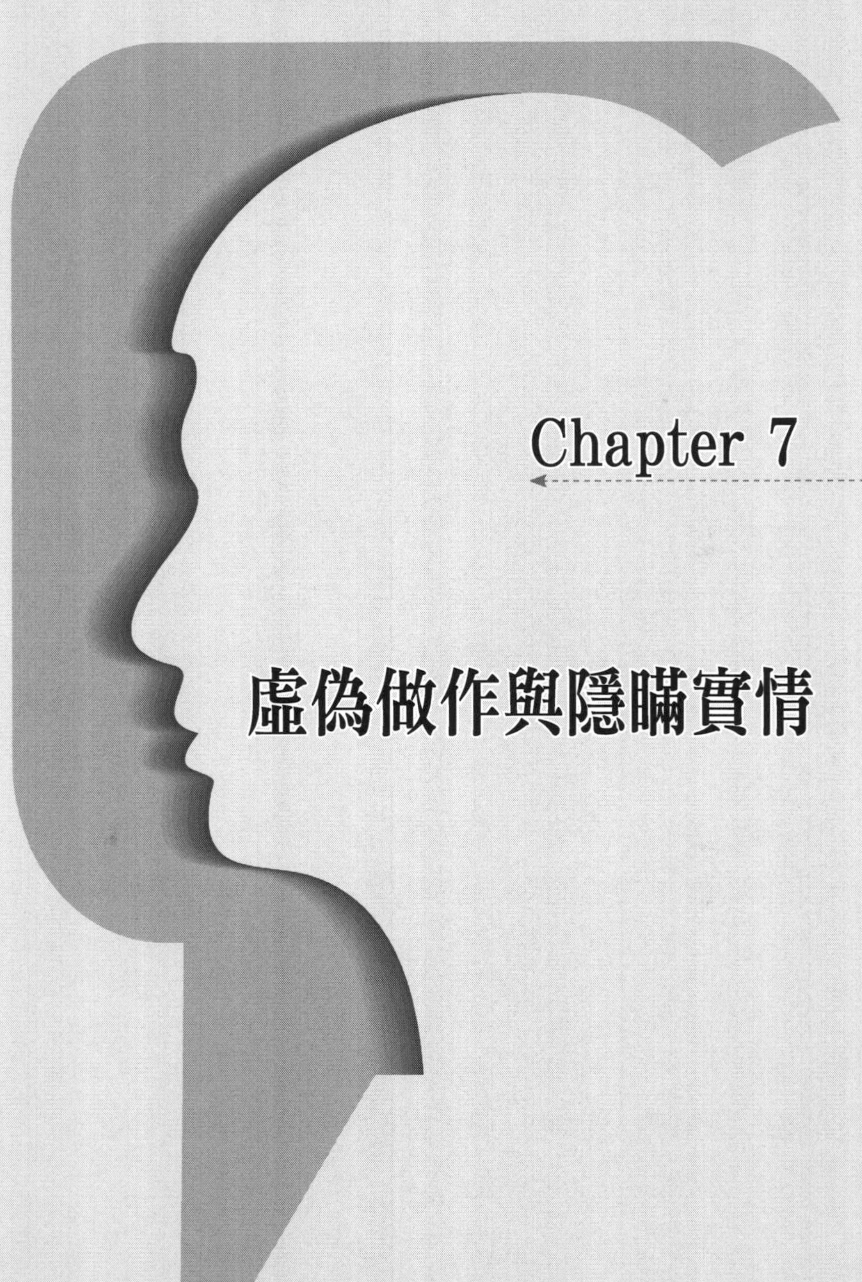

Chapter 7

虛偽做作與隱瞞實情

我們面前這幅主題為「鮮花上的露珠」的寫實畫作上棲息著一隻蜜蜂，讓我不禁想問究竟是這隻蜜蜂被畫所矇騙了，還是我們自己誤認蜜蜂也是畫的一部分呢？

——費羅斯塔多（Filostrato），《畫作》（Eikónes）[1]

雖然語言的力量十分強大，但語言本身潛在的危險也相當巨大。一直以來我們都被告誡說「罪過」有很多種，不但包括思想上的、行為上的、違背宗教規範的，也包括語言上的。隱士皮埃爾·達米阿尼[2]曾說過，由於語言具有極大的威脅性，早期的基督教作家們才會對由語言導致的罪過進行大量的研究。

語言有自身的缺陷和罪過：口若懸河，使用多餘或無理的詞彙；說得太過分，使用骯髒或傷人的字眼；謊話連篇，使用虛假或諂媚的話語。然而無話可說也可能是一種罪惡：「真正該擺在第一位的世紀弊病是語言的缺失，然後才是我們面臨非人道的危險。」[3]

說話本身就其性質來講是一個騙人的工具[4]，前文曾提到過，語言是一個實體，是用來代表另一個實體的實體，正是由於這種特性，人們在說話時就很容易拿來騙人。

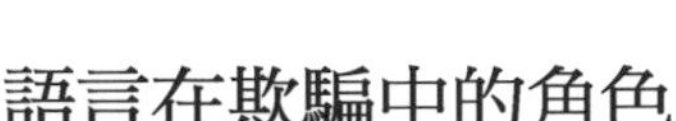

語言在欺騙中的角色

格列佛[5]在他的第三次旅行中，停靠在了一座叫「勒皮他」的世外飛島上，那裡住著奇特的居民，他們的兩隻眼睛能望見相反的兩個方向（這是對科學家的一種嘲諷，在理論上無所不能，而在實踐上一竅不通。該諷刺直接抨擊皇家學會，雖建立了幾十年，但卻追尋著既抽象又毫無意義的宗旨）。在科學院[6]裡他遇到了一群發明家：有的試圖從南瓜中找到能源，有的計畫從屋頂開始建造房屋，有的想建造一台能透過組合所有詞語來寫出宏偉巨著的機器，還有的提議創造一種能讓實物代替語言的新型語言。

說穿了，語言只是實物的名稱，因此大家在談到具體實物時，就不需要把表示那具體實物所需的東西帶在身邊，而用語言來代替應該來得更方便。本來這一發明肯定是能站得住腳的，對社會的穩定也應該大有好處。可是婦女們聯合了俗人和文盲，要求要像他們的祖先那樣擁自由地用嘴說話的權利，否則他們就要起來造反。這類俗人常常是與科學勢不兩立的敵人！

不過，許多博學的人還是堅持這種以物代替語言的新方法。

這種方法只有一點不便，那就是，一個人若是要談論的事情複雜多樣，那他就必須將一大堆東西背在身上，除非他能僱一兩個身強力壯的傭人隨侍左右。

然而這種以實物代替語言發明也有一大優點，就是它可以作為所有國家都能通曉的一種世界性語言，只要每個國家的貨物和器具基本上類似，那麼它們的用途也就很容易能讓人明白了。這樣，駐外大使們就算對別國的語言一竅不通，仍然還是能自由地與該國君王或大臣打交道。」[7]

既然這個荒謬的建議未被採納，那麼語言就仍舊還是實物的替代品，也因此自然而然地導致欺騙的產生。當塔雷朗（Charles-Maurice de Talleyrand）確切地說「人類之所以被賦予了語言，為的正是隱瞞自身的想法」[8]，這位自信滿滿的教士（同時也是王公兼部長）的話並非毫無道理。

學習操縱並用語言欺騙他人的最佳氛圍是在辯論之中。無論誰加入強有競爭力的反方，都會有意或無意地試圖曲解、改變、緩和或過分地誇張、過度誇大或縮小、操縱並捏造另一方所說的話。

依序由此可得：

1.以虛假的方式讓人感到對方使用的語言是令人尷尬的或相互矛盾的。

2.抨擊對方說話時含糊不清，例如泛泛而談令人費解；或者相反地，抨擊對方說話時過於注重細節，這樣你就可以用自己的優勢來占上風。

3.創造一個氛圍，讓對方說話時言不由衷（例如排除上下文來做推論）[9]。

欺騙在語言中的角色

對於欺騙，我們都是過分的說教者。以下一段出自普魯塔克[10]的短文中所包含的高爾吉亞[11]的話，也不全然是有煽動性的一面之詞。

「悲劇繁榮發展，給當時的人們呈現出絕妙（thaumasté）的場景，以豐富的神話故事和情感，展現出一種幻象（apáte），因此，就像高爾吉亞所說：欺騙（apatáo）的人比不欺騙的人更為正確（díkaios），而被欺騙的人比抗拒幻覺（apáte）的人更為聰明（sophós）。欺騙（apatáo）的人因為保證其許下的承諾而更為誠實（díkaios），被欺騙的人則更有自知之明（sophós）；的確，不敏感的人更容易被語言（lógoi）的快樂所擄獲。」

我們只要試想，如果地球上完全消除了欺騙，自我欺騙也從我們的人生中消失，那將會發生什麼事情[12]？如果世界上人人都不曾欺騙過自己，或者不曾誤解過自己，人生又會如何呢？我們說的不只是夢境的必要作用，以及在藝術的幻想中尋求靈感的明顯優勢，還應該說說現實生活中自我欺騙的積極作用。如果人們不自惑、不自欺或太過於自知之明，那麼將會失掉諸多讓美事成真的可能性。

我們不應該只思考小謊或大話式的欺騙行為，因為它是人類社交才能中既基本而又珍貴的組成部分。奧斯卡．王爾德[13]在他的藝術批評文選《謊言的衰落》中寫道，第一個從圍獵歸來並誇大其辭的原始人，是「社交關係的創始人」，而謊言是「民俗社會的基礎，如果少了它，即便是名人府邸中的一頓午飯，也宛如皇家學會的報告一般索然無味」（作者注：宛如某個深夜播出的電視大學教程一般）。黑猩猩在像人一樣行動的時候，為了成為獸群中的重要一員，或為了用棍子觸碰原本牠搆不到的香蕉而尋求各種方法和計策的時候，這時使用謊言也同樣是有效的謀略。

我們也不應該只考慮到某些——如人們所說的——出於善意或為他人著想而說出來的謊言。欺騙他人與自我欺騙對於我們自身是有益的，是人類生存的一種必要條件。我們這裡所說的不是小職員、推銷員、律師或是記者，因為對於這

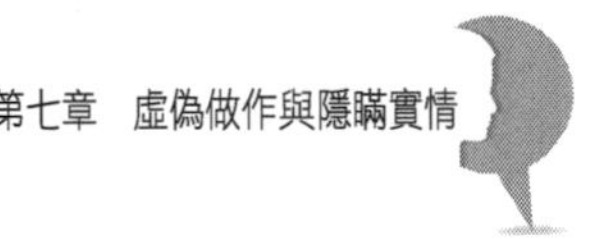

些人群來說，遵守第八誡[14]顯然是極為困難的，而違反這一條是他們保住「飯碗」的一項原則。我們要談的是我們所有的人。普里莫・萊維[15]給我們提供了一席令人折服而又感人的證言：「非不可知論者們，以及擁有信仰的人們……承受住了納粹集中營的考驗，而且以相對高的數量存活了下來……至於他們有什麼樣的信仰，無論是宗教上的還是政治上的，這一點並不重要。無論是天主教還是新教派的神甫，還是不同派別的猶太法學博士，無論是猶太復國主義者，還是單純的或瞭解深入的馬克思主義者，或是耶和華見證人，他們都具有從信仰中得到救贖的力量。在他們看來，他們的世界無論是在空間上還是在時間上，都比我們的世界寬廣得多。」[16]

注釋

1 此處提到的畫作指的是希臘神話中的那喀索斯（Narciso），是費羅斯塔多（Filostrato）所寫的《畫作》批評文集中的一幅，而費羅斯塔多是西元三世紀有名的四位同名人士中的兩位批評家之一，具體不詳。

2 皮埃爾·達米阿尼（Pier Damiani）是義大利十一世紀的一位重要的隱修聖人，曾向世人強調「語言具有危險的力量」。——譯者注

此處出自1983年Turnholti出版社出版的路凱西（I. Lucchesi）所編的《基督教文集——中世紀卷》（*Corpus Christianorum: Continuatio Medievalis*）第57卷第434頁關於皮埃爾·達米阿尼所著《佈道》（*Sermones*）內容第73條「語言的缺點」（de vitio linguae）：「新約及舊約的聖人教導者……如果……不曾瞭解由語言缺陷導致的巨大危害，那麼就不能用如此嚴肅、敏銳、豐富而統一的哲學研究來論證語言的缺陷。」可參見1853年巴黎J.-P. Migne出版社出版，由Costantino Gaetano收集、Angelo Mai編著的《皮埃爾·達米阿尼全集》（*Opera Omnia*）第57卷中的「語言的缺點」篇（De vitio linguae）。

3 出自馬可·福馬羅利（Marc Fumaroli）所著的《雄辯時代》（2002年米蘭Adelpini出版社出版的義大利文版）一書，該書是十六、七世紀關於「正確說話的藝術」（ars bene dicendi）的一部名著。

4 義大利語的inganno有兩種意思：誤解，欺騙。因此作者在本文中以此玩了幾次文字遊戲。——譯者注

5 出自《格列佛遊記》（*Gulliver's Travels*），由英國諷刺作家喬納森·斯威夫特（Jonathan Swift）以筆名執筆的小說。——譯者注

6 指《格列佛遊記》中格列佛前往的巴爾尼巴比島上的「格拉多科學院」。——譯者注

7 出自喬納森・斯威夫特所著《格列佛遊記》第五章（1986年由Sesto San Giovanni的Peruzzo出版社出版，頁125）；此處是對約翰・維爾金斯（John Wilkins）計畫的拙劣模仿：維爾金斯花了多年的時間來擬創出一門能讓所有人明白且透明的世界語，並將發明的成果提交給了聲名顯赫的皇家學會（維爾金斯也是該學會的創辦人之一兼首席秘書），成果體現在1668年於倫敦發表的《論真實符號和哲學語言》（*An Essay towards a Real Character and a Philosophical Language*）的論文中。對於「真實符號」，維爾金斯指的是象形符號，它們約定俗成並能構成一個完整而與事物一一對應的詞庫。

8 請參考1982年Perrin學術書店出版的安德列・卡斯德羅（André Castelot）所著《即玩世不恭》（*ou le cynisme*）中這個人物塔雷朗（Talleyrand）的一千面與一千個計謀（參見1982年米蘭Rizzoli出版的《玩世不恭的策略》（*La diplomazia del cinismo*）義大利文版）。

9 請參考2000年倫敦智言出版社出版的卡拉辛斯基（D. Galasinski）所著的《欺騙的語言——一項演講分析研究》（*The Language of Deception: A Discourse Analystical Study*）一書中第38頁以下內容。

10 普魯塔克（Plutarch，約西元46-120），希臘著名的史學家，道德學家。——譯者注

此處節選自*Simplegadi*雜誌2003年6月21日第8期第7頁、Maria Tasinato譯版普魯塔克所著的《道德論集》（*Moralia*）一書中第348章第5篇〈雅典人的榮耀〉（De Gloria Atheniensium）的「沿著古決鬥的痕跡：歐里庇得斯之酒神的女祭司們對決亞里斯托芬之蛙」（Sulle tracce d'un antico duello: le Baccanti di Euripide a tenzone con le Rane di Aristofane）的內容。

11 高爾吉亞（Gorgias，約西元前483-前375）西元前五世紀古希臘哲學家和修辭學家，著名的智者。——譯者注

12 前面曾引用過的是1997年聖保羅的Companhia das Letras出版社出版。艾杜阿爾多・加奈蒂（Eduardo Giannetti）所作的《自我欺

騙》一書，這是一部關於自我欺騙利弊的著作；請參見2000年羅馬Newton Compton出版的義大利文版《我們身處的謊言世界——自我欺騙的藝術》。

13 王爾德（Oscar Wilde, 1854-1900），愛爾蘭作家、詩人、劇作家，英國唯美主義藝術運動的宣導者。——譯者注

14 「十誡」，是《聖經》記載的上帝耶和華藉由以色列的先知和眾部族首領摩西向以色列民族頒布的十條規定。這裡指的是其中的「第八誡——毋妄證」，即「不可以說謊話」。——譯者注

15 普里莫·萊維（Primo Levi, 1919-1987），猶太裔義大利化學家、小說家，也是納粹大屠殺的倖存者。——譯者注

16 出自普里莫·萊維的散文集《滅頂與生還》（*I sommersi e i salvati*），1986年，都靈，Einauldi出版社出版。

Chapter 8

難以表達的話

有時候我們會在心裡這樣祈禱：「千萬別問我那個問題」。不僅準備不充分的考生會這樣想，你遇見的那個剛失去兒子的父親或者剛失去父親的兒子往往也這樣想。有些問題沒有答案，原因就在於如果不明白整個事情就無法給出答案。通常情況下，問題往往不在於說或者不說，而是在於怎麼說。與兒子交談的父親知道怎麼說，考試不及格的學生也知道怎麼說，一個要把病情真相告訴病人或其家人的醫生也知道該說什麼。

用能讓人接受的方式說出來

如何讓自己說出「是」或者說出「不」，是兩個最關鍵的問題，尤其是在情感與金錢方面。說「不」往往比說「是」更加困難，比如一個朋友向我們借錢的時候更是如此；然而，我們捫心自問，如果是我們向那個朋友借錢的話，對他而言也會遇到同樣的問題。社會學家和心理學家正在認真研究這個問題並作出合理的解釋，例如《懂得說「不」》、《說「不」使人成長》和《不會說「不」的女人》[1]是最近問世的三本比較有影響力的作品。我們來看一下如何以最佳方式來解決這方面的問題。

向人求助

有一種模式可以保證我們能得到肯定的回答，而且百發百中；只需用這種方式來提出以下兩個問題：「我有兩個問題想問你。你怎麼想就怎麼回答。我要請你做的第一件事情是你要確保第一個問題和第二個問題的答案要保持一致。說「是」或者「不」完全是你的自由，怎麼想就怎麼回答。

這樣一來，將出現兩種情況。如果第一個問題的回答為「不」（即第一個與第二個問題的答案不相同），那麼第二個問題的回答必須為「是」。反之，如果第一個問題的回答為「是」（即第一個與第二個問題的答案相同），也就是說第二個問題的回答也得為「是」。所以不管怎麼答，求助便成功了。

唯一的風險在於，如果對話者是一個不守信用的人。在這種情況下，要是他不實現自己剛才的承諾，你就要去另尋他人。

拒絕他人的請求

1.我們還處於新千禧年的初期階段，能不能在千禧年末期再談這個問題？

2.我很想說「是」，但是我的心理理療師說我得學會說「不」。

3.我在以字母o為結尾的月份說「不行」，在以e為結尾的月份說「有可能行」，我只在以i為結尾的月份說「行」（義大利語中，1月、2月、3月、5月、6月、7月、8月單詞的末尾均為字母o；其餘月份單詞結尾為字母e）。

4.行。但你知道讓我們外交官（政治家、藝術家、精神病患者等等）說「行」的兌現率能有多少呢？

5.我一直提倡男女平等，一個真正的紳士從不在第一次的時候就說「行」。

6.抵抗萬歲！……就我自己的小天地而言我也試圖抵抗。

7.行、行，我考慮考慮。

「愛你很容易，忘了你卻不可能」或者「你的親人為你哭泣，痛不欲生」。這些常常用於墓誌銘，憂傷而直白。在世的親人讀來覺得多餘而冗長，過客讀來全無意義。最好是在墓誌上向活著的人講述逝者，而不是讓在世的人在墳上雕刻哀辭。

正如丹麥的阿雷薩德利亞在埃杜瓦爾多七世的葬禮上所說的：「至少現在我知道他在哪裡。」透過一段悼辭，他的妻子讓我們想起他曾經是大不列顛和愛爾蘭國王、印度的皇

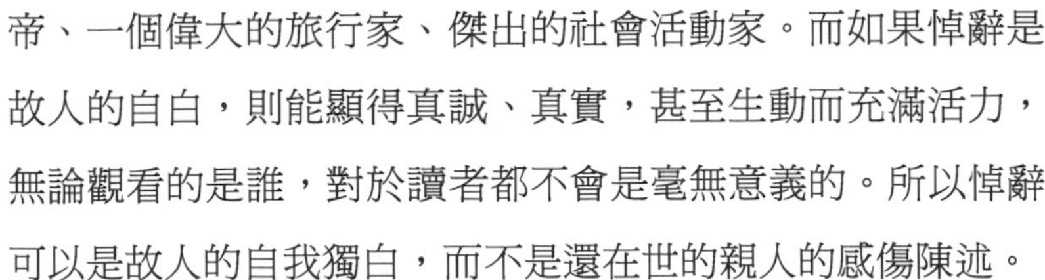

帝、一個偉大的旅行家、傑出的社會活動家。而如果悼辭是故人的自白，則能顯得真誠、真實，甚至生動而充滿活力，無論觀看的是誰，對於讀者都不會是毫無意義的。所以悼辭可以是故人的自我獨白，而不是還在世的親人的感傷陳述。

墓誌銘也可以這樣寫：「我們的現在便是你們的將來」，這樣能讓在世的人在心理上做好準備。但是這樣來陳述更好：「我是索非亞．阿朵。我曾在加納當老師，我曾幸運地抽籤被選中而移民到紐約。2001年9月11日那天，我正好在雙子星大樓裡，那年我三十六歲」。如下的陳述則更勝一籌：「別因我的離去而哭泣，為我曾經歷的生活而快樂吧」，這就像英國女王為她的葬禮親自選擇的詩句一樣。

不必刻意去追求馬斯特斯的《匙河集》的風格或者安德列的《遺囑》的風格，最好是能讓過路行人都能挖掘到的一個生活片斷、社會的一角、一個文化見證，這些和眼淚一樣有用。公墓旅遊官員可能會對這個小小提議感興趣，因為這樣能吸引更多的參觀者，況且死者本身也想對世人說些什麼。

避免傷人的冒犯

每當發生不公平的事或者遭受侮辱的時候，憤慨也是一種美德。我們身心的憤怒需要透過咒罵或者辱罵的方式來進行發洩[2]。

如何以合理恰當同時又有力的方式來表現憤慨，使我們的生活變得更輕鬆呢？

一些髒話，首當其衝的「去你媽的」，甚至出現在集會上，如今很大程度上喪失了它應該產生的作用和效果。那麼我們應當找出一些還沒有喪失挑釁性的表達方式。只要結果是輕鬆的就可以：「你真的把VR這個人看作癡呆嗎？你真讓我使用這個委婉詞嗎？」[3]。再如帕索里尼寫給一位影評（這位影評曾冷淡地評論電影《乞丐》）的警句：「你是如此虛偽，就好像虛偽把你送入葬身之地——地獄，你還以為自己身處天堂。」

總之，各種看似無傷大雅的辱罵方式和有意嘲諷的咒罵方式有必要存在。很多人不瞭解咒罵其實是一種有益健康的藝術，他們只用那些標準的經典髒話，並把它們用於各種場合，失去了它應該具有的厭惡色彩。可能由於缺乏想像力，可能缺乏慫恿，說白了，他們還沒有遭遇到足夠的凌辱。

受到長達幾個世紀欺壓的猶太民族，也創造出了一些耐人尋味的咒罵和雪恥的語言形式：「你可以在一座宮殿中度過晚年，一座擁有上百間房間的宮殿，每間房間有十多張舒適的床；憤怒和疥瘡卻迫使你不停換床而不得安寧、徹夜難眠。」《塔木德》「寧可被人詛咒也不要詛咒別人」。

摩西在他的第三次演說中（見《申命記》第二十八章，十五至六十八節）詳述了如何詛咒悖逆和不聽從上帝的人：上帝將會使精疲力竭、發燒、發炎、酷暑、旱災、癰癤、宿怨降臨到你身上……上帝將會讓沙塵暴土席捲你的故土，砸在你身上，直到你支離破碎為止……你將有未婚妻，可她卻與別人私密交往（聖經中用的也是委婉語），你得親眼見到所有這些事，你因此變得瘋狂……你將吃下你內臟的排洩物，吃下你親生兒女的血肉……你隨時會處於千鈞一髮的生命危機之際；你為自己的安危日夜焦灼不安。你會為你的親眼所見而感到心跳加快，度日如年，早上你會說：「要是晚上就好了！」，到了晚上你會說：「要是白天就好了！」。

奴隸凱列班也從摩西演講中得到啟發：「願太陽把一切沼澤、平原上吸起來的瘴氣全都降臨在普羅斯比羅身上，讓他的全身沒有一處不生惡疾。」（莎士比亞，《暴風雨》第二幕第二場）。

伊拉斯謨也說過相似的語言攻擊策略，首要的一條是你應備有一個關於咒罵、冒犯和表達憤怒的詞彙索引，以便必要之時能隨時脫口而出。

一個向上爬的人也可能成為不凡之輩。我們試著來給他畫個輪廓。

那個巴結權貴、千方百計想擠進上流社會的人，當他年輕的時候，他內心充滿渴望，焦慮不安。隨著時間的流逝，他變得越來越成熟，內心愈發奢望與焦灼。當他有一天會像先知哈巴谷（Habakkuk）[4]一樣變得年長，仍然會焦躁與不安。他無所不通，精通巫術，會算數，懂法律，會變魔術，推舉自己為攝政王（許下諾言並在隨後的一年內實現其諾言），善於玩弄權術也有能力找到解決問題的辦法。

他有良好的教養、為人熱心、舉止文雅、彬彬有禮、勤奮、博覽群書。他性格溫和、有城府，具備了所有力爭上游者所共有的特點，儘管他是一隻善於謀略的蜘蛛，但卻被看作是一隻勤勤懇懇的螞蟻。

他是一個偉大的策劃者，對於出身貧寒的追隨者極其慷慨。「交朋友不論其出身貴賤，好人終有好報」是他的人生座右銘。他用心經營自己的一生，精心建立人際關係網。他是利他主義者，當別人給他承諾時，他也會做出相應的讓步。

他善於讓步，喜歡與聽話的人共事，就算那個人厚顏無恥也無妨。在他看來，塔雷朗也太過顯嫩，提及梅特涅也嗤之以鼻。他不是一個庸人自擾的人，他擁有自由的思想而不杞人憂天，他具有清醒而有條理的大腦（他腦子裡想的都是重要的事情，就像監察員桌子上擺放的都是重要的文件一

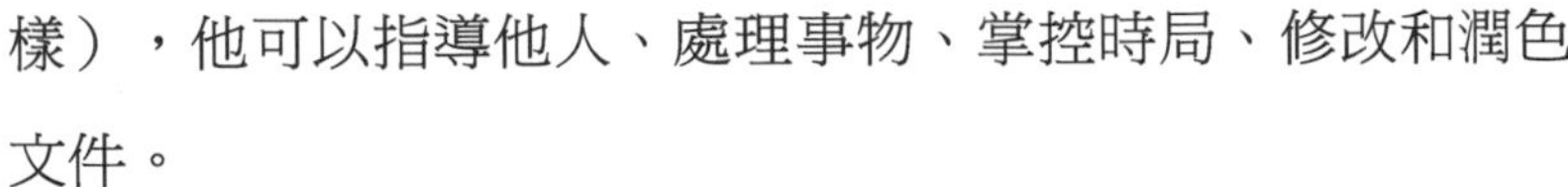

樣），他可以指導他人、處理事物、掌控時局、修改和潤色文件。

他是一個偉大的讀者，也是組織機構圖表的創造者。給他一本《戰爭與和平》或者聯合國章程，不經意間他就能重新組織出一個更好的結構。他善於設法達到目的，人們可以把後薩達姆時代的伊拉克重整問題放心地交給他；但是沒有人想到他，是因為他還不夠有名，很少人認識他並瞭解他。

他無所不知，但也不是明白一切。由於他所擔任的職務，對於那些他並不瞭解的事物他也必須給出解釋。沒有人在一間暗室裡尋找黑貓，一隻並不存在的黑貓，人們最後能找到它嗎？對於他沒有弄清楚的事物，他也有辦法向我們解釋。他並沒有說蠢話，只是說話比較囉嗦，高談闊論而忽略細節，跳過最基本的東西。當他因為遇到某些障礙而說不下去的時候，他開始變得卑劣，變得暴躁，變得從來沒有過的暴躁。

我們得理解他。在權勢圈內他最年長，從事著受到保護的職業，該職業非常近似於眾所周知的最古老的職業。

權力是有道理可講的，但它不是能完全以理性來解釋事物的。一個人可以為了權力而變得無所不能，甚至為了換回某種利益而對無關的人有仁義之舉，儘管他非常清楚在一些特定的環境下有借就有還，有權利就有義務，沒有無償的感恩、感激與回報。但不必感到吃驚的是——當一個人為了懇求而變得力竭殆盡的時候，他便失去了表達感激的力量。

由於自我否定而與眾不同，就算厚顏無恥也在所不惜。當有人提醒他曾經說過的內容，他會辯解道：「我只說事情當時是這樣的，但我沒有說要你們相信我。」

對這個人來說，人們從來都無法詳盡地描述他所做的一切，因為人們不能瞭解他全部的狡詐。說到底，這個人真是人們可以效仿和追求的榜樣——他做了人們不該做的事以及人們不想做的事。

如果有人認為以上這些描述正好符合自己的特徵，也不應該洋洋得意：這不是他本人，是另外一個人，是他的同類，是和他相似的一個複製人，而周圍還不止一個這樣的人。

從他的角度來講，一個精明而忠實的讀者，就跟一個普通的讀者一樣，從不以為是在背後瞥見這些真人，他們只是文學上的描述而已。我們拒絕相信現實生活中真能發現那種描述的情形，那只不過是假想的幻覺，或類似於《藝術裸照》評論所表述表現的那樣。

準備一個表達髒話的詞彙索引，以便讓你在必要之時能夠脫口而出，使你受益匪淺。一種是用粗俗的方式把對方噓走，就像《坎特伯里故事集》中的「這真是豬狗不如的韻律……，如果你真想知道，那真是狗屎都不如」[5]。

還有一種是使用法國劍客兼作家貝爾熱拉克（Cirano de Bergerac）的風格。他大概會這麼做：「關於你的詩我可得說兩句，活見鬼，憑直覺，你表演風格真的有進步：現在你幾乎可以演得像一條狗了。你往你的詩上燃了把火，現在再試著把它澆滅吧。你的詩令人無法忘懷，但我會努力忘掉......」。這裡不帶髒字的罵人，既沒有髒話，也沒有侮辱，更沒有社會輿論指責。李路（Leconte de Lisle）對雨果表示出十分惡意的欣賞「是一個如喜馬拉雅山般的愚人」，褒揚與輕蔑並存，譏諷中夾雜了一絲讚賞。

拉弗（Mauro Della Porta Raffo）在他的週刊專欄裡，提出了一種代替粗蠻、無教養、粗俗的辱罵方式：「您知道嗎？您讓我想起了梅斯金公爵」，因為那個人物是杜斯妥也夫斯基筆下的白癡；或者以高深莫測的方式辱罵他人：「您是一位偉大的滑雪健將」（含義是：你只不過是一個有滑雪板的人）。

或者你可以寫一封冗長的侮辱性信件或電子郵件：「先生，我得告訴您一下：有一個愚笨低能的無名氏冒用您的名字，給我發了一封充滿謾罵的信。請允許我告訴您這一令人遺憾的事實，因為這位先生用的義大利語含糊不清，顯得沒有一點文化。他所用的語句清楚地顯示那個癡呆肯定不是您。請您向司法當局起訴這一令人遺憾的事件，我現在把那封信件給您附上一份，您肯定不會有那封信。很抱歉讓我們見面的不僅是透過信件，而且還是由於一個傻瓜的原因！您的……」。

注釋

1 哈杜（Haddou, M.），《懂得說「不」》（*Savoir dire non*），巴黎，Flammarion出版社，1997年；義大利文譯文，博洛尼亞，Calderini出版社，2001年。

2 阿莎．菲力浦（Asha Phillips），《助你成長的「不」字》。米蘭，Feltrinelli出版社，2000年。

3 諾伍德（Norwood, R.），《愛的過分的女人》（*Woman who love too much*），紐約，Simon & Schuster出版社，1985年。義大利語譯文（Donne che amano troppo），米蘭，Feltrinelli出版社，1989年。

4 至少如果我們相信亞里斯多德在他的《尼格馬科倫理學》第四卷第11節（Etica Nicomachea, IV, 11.）講過此話。

5 喬叟（Chaucher G.），《坎特伯里故事集》（*I racconti di Canterbury*），E. Barisone主編，米蘭，Mondadori出版社，1986年，頁261。莎士比亞裡的人物肯特的語言也很粗俗，他對奧斯瓦爾德這樣罵道：你是一個卑鄙的人，一個罪犯，一個狗娘養的，一個下流無恥、高傲、膚淺、可憐的犯罪分子，穿著三件衣服、羊毛襪破爛而骯髒，身上還有一百英鎊。一個壞蛋，一個超級馬屁精，一個總站在鏡子面前的紈絝子弟，一個拖著大箱子的窮流浪漢。一個阿諛奉承者，一個惡棍、乞丐、拉皮條者的混合體，一個淫婦之子（*Re Lear*（《李爾王》），II, 2, 13-20）。

Notes

Chapter 9

「正確的」語言

從她看來和從他看來

通常而言，關於男女有別的陳詞濫調很容易被否認，如女人開車比較危險等言論。然而不可否認的是女人通常不會看地圖，而男人不願意聽別人指指點點。為什麼女人不會看地圖，男人不喜歡別人指點呢？約翰．格雷在他的著作《男人來自火星，女人來自金星》（一本關於如何提高兩性相處幸福感的指南）中給出了答案。

不可否認的是男人和女人對於同一事物有著完全不同的思維方式。譬如，關於「思考」，男人用的是邏輯，女人用的是自由聯想。有時候似乎有必要準備一本男人—女人，女人—男人的雙語詞典，裡面的詞彙都是從男性和女性的角度來進行解釋和定義的。

以下透過幾個例子來說明女人到底想說什麼，男人到底想要什麼。

影響

對她而言是透過說好話來說服，對他而言是透過收買來說服。

說話

對她而言，「我們需要談話」，說話是一種能讓自己感

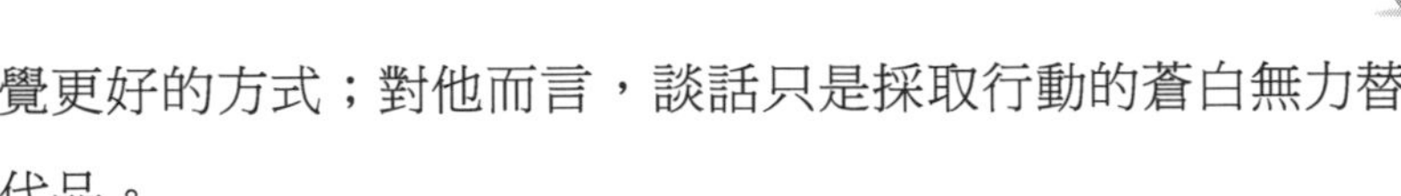

覺更好的方式；對他而言，談話只是採取行動的蒼白無力替代品。

真實的

對女人來說，是指經過很多人確認的現實情況；對男人來說，是不變的本型，如「真男人」。

頂級模特兒

對女人而言是一個能在五分鐘之內賺到一個平常人五年才能掙到的錢的女人。對於男人而言，她是一個知道如何運用聲音之外的其他方式來進行有效溝通的神仙般美女。

這一點說明了為什麼很多時候男女之間無法互相理解和溝通的原因。和另一個性別的人說話，往往像是在和來自另一個世界的人說話。所以男女之間的溝通會呈現出同樣的問題，應視作跨文化交際問題來進行分析。男女之間的對話的確是跨文化交際，他們說話的目的不同，風格不同，用詞的語意不同。有人想說，有人想聽，有人想高談闊論，有人想交心，有人想讓對方說話，有人想插話，有人想掌控全局。尤其是有人給出一個意思，而對方覺得是另外一個意思，有人這麼表達，有人那麼表達。「如果女人在交談時側重於關係和內心，男人側重於地位和獨立，那麼男女之間的交流可能是一種跨文化交流，在不同風格的交流中會有文化衝突。」可能我們很需要一本談判手冊，以便找到男女之間的共同語言，把唇槍舌戰演變為和平對話。

義大利乃至世界範圍內，女性數量占多數，所以人們自然而然地以為在公共議會中她們也理應占多數。然而事實上並非如此，這裡有各種文化和社會原因。人們還會時不時重拾有關「玫瑰份額」議題，亦即法律上所規定的女性選舉保障名額。為了讓更多女性進入議會，機會平等運動又能做些什麼呢？一個新的女權主義者首先應當從話語權上著手，話語是第一重要的，因為據說話語是女人們的武器之一，它能改變世界，能拯救世界。

總之，議會中男性多於女性，如果候選人是一個「普通、平常的男人」似乎沒什麼好爭論的，但如果候選人中出現了一個「普通而平常的女人」就可能有人會有意見了。對於男性，某些專職人員、有錢人、公子哥、按摩師、達官貴人、單身男人、能幹的男性，議院之門都為他們敞開。然而對於女性，某些女性專職人員、闊太太、特種女工、舞者演員、女按摩師、貴婦名媛、妓女、能幹的女人，她們的去處可能就不是議院了。一旦議會中達到男女人數平等，為了讓他們之間能有更好的相互理解和溝通，需要出版一本男人一女人或女人一男人詞典，裡面的詞彙都由男性和女性的角度來加以定義。男人和女人以不同的方式用詞，他們賦予詞語不同的含義、不同的理念和不同的風格。譬如，當說到「我正在思考」，他的意思是說「讓我安靜一會兒」，她的意思卻是「有你好看的」。「結婚週年紀念日」對於她而言是一個無法忘卻的重大事件，它的光彩應當以鑽石般閃耀的方式每年重溫；對他而言是一次不定期的聚會，忘記也是很正常的事情。

一本男女互譯的雙語翻譯器是解密兩性之間溝通必不可少的工具，它將會是繼藍色小藥丸發明之後家庭心理治療的重要資源。

從社會角度講是正確的，而從政治角度講是錯誤的

家庭主婦被稱作為「因家庭事務而與世隔絕的倖存者」；謊言被稱作是「虛偽的主張」；連環殺手被稱作是「不滿足的個體」。

「政治正確」似乎是說完全「正確」的概念，它表達了多元文化的敏感性與消除各種歧視的願望。比如，某個動物保護主義者可能會由於湯瑪斯·霍布斯的那句名言「人對待人，有如豺狼」而對狼鳴不平。

如果把釣魚稱作是「對地球海洋、湖泊、河流的掠

奪」，可能會提醒我們人類應當注意自己的行為後果，那麼把一個「錯誤」稱為一個「不同邏輯的舉動」意義就沒那麼重要了。

關鍵的問題在於——由誰來確定正確與否？誰來定義正確與不正確的分界？事實上，仔細想想的話，「政治正確」的理論從本質上來講是獨斷專行的。可能有人會說這是一個反自由的、非民主的概念。提出這個概念的英國哲學、經濟學家約翰・米勒可能完全不是這個意思。依照卡拉科夫斯基《我看各種事情的正確觀點》一書的觀點，只要不是刻板的建議即可。

這並不只是過度敏感的問題，也不僅僅是關乎禮貌用詞或者至少是非無禮用語的問題。一個市政工作的試用職員在登記一隻雜種狗時寫下「雜種」一詞，他可能會因此而被辭退，勞工法官這樣裁決：儘管在義大利詞典中，「雜種」一詞的確有不同品種的動物之間進行雜交的概念，但該詞也有其他貶義。正因如此，使用該詞說明了工作人員沒有考慮到那些養非純種動物的主人的心理感受，屬於不禮貌的行為，在寵物主人面前應改用其他更加恰當的形容詞，諸如「混血個體」，或者甚至是「混血公民」。那個可憐的職員本應當在動筆之前考慮清楚。

問題在於更深層意義上。設想一下，假如我們全都是黑人，白人只是皮膚缺乏黑色素的黑人，或者我們全都是白人，黑人只是皮膚變黑的白人呢？

索爾．貝婁（Saul Bellow）認為過分強調「政治正確」是對言論自由和民主的一種威脅。如果辯論是所有民主的基礎，那「政治正確」便約束了人們表達他們想說的自由。任何戰爭，從政治上講都是不正確的，在唇槍舌戰中也是不正確的。

目前有一股對政治正確和意識形態正確的狂熱崇拜，對於對話的崇拜也是一樣。有的時候對話是必須的，有的時候對話則毫無意義。例如，當它變成冗長重複的言詞的時候，當它只是交換之物的時候，當對話者只在對方接受他提出的條件後才同意對話的時候。偽對話者往往以偽靦腆的候選人姿態出現：「其他人也能勝任此職務；如果我接受，也是情非得已，本著服務精神。然而我接受這一職務的條件如下：首先、……，其次、……，再者、……，否則肯定有一個比我更適合這個工作的人」。

對於各種觀點，最好的態度是補充它們，而不是扼殺它們。爭辯的意義在於獲取更多的資訊，而不是隱藏資訊。一個能充當評判的人是個很重要的角色：真正好的對話是自我批判，尤其是非正統批判的爭辯。我們得感謝密爾（John Stuart Mill），他為我們做了很多我們自己應當做的事，他對我們的爭辯給出批評，進行辯論。他讓我們少費了很多氣力，因為在自我批判的同時還得兼任評判是很困難的事。

「政治正確」試圖要創造「一種語言上的露德（Lourdes）」，所有不好的事物皆以委婉的方式隱藏起來：唯一的優點在於以前的「失業」如今成了「非自願休假」；以前的「嚴重抑鬱症」現在成為「非正常沮喪狀態」。

這一語言正確的學說直接關係到歧視與言論自由、辯論自由和種族中心主義、「語言干擾」和種族歧視。

Political Correctness
政治的正確性

La nostra comunicazione è come un iceberg: la parte più importante sta sotto la superficie.

我們的語言就好像冰川，重要的在下面

Notes

結　論

現在到了選擇的時刻了：它已告訴了我們用各種方法來講述一切；我們現在到了該用一種特殊的方式講一件事的時候了。

——伊塔洛·卡爾維諾，《美國課程》

人被定義為天生就掌握語言的人，而這種語言能千變萬化。語言給我們提供了說話的無數可能性和我們想說的話的無數變體，並且能把我們想隱藏起來的話不明確地說出來。

如果你瞭解話題，語言就會自動流露出來。語言是一根雙重線，一條跟我們的思維密切相關，另一條跟我們的行為也密切關聯。如果語言是由我們的價值觀決定的，而且是有意識的或不經意地流露出來的，那麼這些價值（口頭的、認知的、情感的和行動的）就合而為一。這正是誰掌握了內容就能找到正確的語言，同樣誰找到了正確的語言也就掌握了內容：怎麼說話常常勝於內容，怎麼說話變得更具有說服力。幸運的是（遺憾的是）沒有唯一的或強制性的一種方式來說某件事情。除了數學和數學公式之外，我們有極為寶貴的（同時也是令人擔心的）自由，我們可以用無數的方式來表達我們要說的話。這就意味著會有很多不同的好話和壞話，以及各種具有說服力的話題。

有人喜歡質量，有人喜歡數量。有人可以用三句簡明扼要的俳句照亮宇宙，而有人則相反，喜歡沉浸於長篇科幻小說的長河裡。如果要問質量和數量哪一個重要，首先我們可以這樣回答：如果當語言和話題還沒有準備充分的時候，那就要先準備充足的語言和話題。其次，除了數量和質量之外，其他的事情也很重要，例如說話的內容和說話的方式。

英裔美國語言學家保爾戈萊斯為了解釋為什麼當我們以不確切的和暗示的方式、非正常方式和模糊的方式、間接的和婉轉的方式說話人們也能理解時，他提出了四條規則（數量、質量、關係和方式）。這些規則對我們所做的任何事情都是有效的，無論是會話，還是做甜點、機械維修或考試均如此。

1.數量：提供一定數量的訊息，不能少，也不能多，夠用就行。
2.質量：盡可能說真話。要求完全講真話，可能有時會不切合實際。但只要不說假話，不說證據不充分的話並能說理或證明所說的話就可以了。
3.關係：說話要貼切，不要離開話題，避免不相關的話題。
4.方式：說話要清楚，簡潔並有序地說話，不說不清楚的話或含糊的話。

我們說的話應該有必要、真實、相關、清楚。對我們所做的事情也應如此，例如，做香腸、辨報紙和制定法律等。法律、報紙和香腸的內容應該是優良的（質量），在光天化日之下做的產品（方式）都是有用的而且定量的（數量），無不相關的成分（關係）。

上述所說的規則不是要人們必須遵守的，而是一般的常規。為了交流人們可以以賣弄的方式打破這些規則。受益者可以向施益者說：「你是我的福星」。人們明白這是假的，而且雙方也都明白。因為把這個人（微觀範疇）說成是宇宙星系（宏觀範疇）當中的一部分，這顯而易見地違反了自然規則（自然規則要求我們不可做一些奇怪的結論），可是在這裡違反自然規則的說法雙方卻都能接受，因為它令人高興，使雙方成功地進行了交流。

我可以說得比對方期待的要少，而對方也懂得不必堅持要我多說。我可以說一些不相關的事情（例如談談天氣或者吹個口哨）來傳達一個資訊：這不是說話的時候。重要的是當人們該說話的時候（或者從包裝袋的標籤上、報紙的標題上或法律的文本裡）可以毫無疑問地進行推論。無論是漂亮話還是正確的話，詩的語言或勸說的語言一般來說都應遵從上面四個規則。

我們常常感到需要把我們要說的話說得不同些，或風格上更好些或更有說服力。我們並不要求人們要像詩人或勸說者那樣說話，因為不同的說話方式會產生不同的效果。當它要發布命令的時候，這種方式可以說是至關重要的：當下達命令的是權威機構時，一個強制執行的命令將要得到執行，但執行的好壞和結果則取決於說話的方式。

如大家所知道的，好的話題並不總是占上風，而那個好的說話方式卻能占上風；「正確的」語言並不能總是得到肯定，而正確的說話方式卻能得到人們的認同；「有道理的」觀點並不一定能贏得勝利，而那些觀點明確的人才能夠贏得勝利，因為除了所說的話能贏得勝利之外，他說話的方式起到了舉足輕重的作用。

即使陳述純粹真理（如果有的話），也要求用智慧的方式使用語言，當然這需要天生的藝術天資和後天培養的藝術才能。為此開設一個「出擊和還擊」的健身房是必要的，在那裡可以培養人們怎麼說話和如何辯論。

沒有什麼比怎麼說話更重要的了。人們可以以富有靈感的詩人和以思想深刻的勸說者的方式說話。如果沒有思想的語言就不能飛得很遠，再好的思想也需要美好的語言將其托起地面。正確的語言是需要馳騁的，只有這樣才能使之更加令人信服和更具有說服力。

説話的藝術

原 作 者／Adelino Cattani
譯　　者／王福生
出 版 者／揚智文化事業股份有限公司
發 行 人／葉忠賢
總 編 輯／閻富萍
特約執編／鄭美珠
地　　址／新北市深坑區北深路三段 260 號 8 樓
電　　話／(02)8662-6826
傳　　真／(02)2664-7633
網　　址／http://www.ycrc.com.tw
E-mail／service@ycrc.com.tw
ISBN／978-986-298-257-0
初版一刷／2017 年 4 月
定　　價／新台幣 220 元

國家圖書館出版品預行編目(CIP)資料

說話的藝術 / Adelino Cattani 著 ; 王福生譯. --
初版. -- 新北市 : 揚智文化, 2017.04
面 ; 公分
譯自 : Come dirlo? : parole giuste, parole belle
ISBN 978-986-298-257-0(平裝)

1.修辭學 2.說話藝術

801.4 106004594